# 暖簾

山崎豐子 著
Yamasaki Toyoko

邱振瑞 譯

# 目錄

# 【第一部】

這時候，最重要的就是信念，只要有定見，無論遇到什麼事，都不會覺得辛苦……

# 1

明治二十九年（譯注）三月初，八田吾平身上只帶了三十五錢便來到大阪。當時，正逢日俄戰爭結束景氣復甦之際。他在故鄉淡路島，經常聽到村人既羨慕又興奮地說起大阪街上不時可以揀到黃金的傳言。十五歲的吾平，聽得怦然心動。

他坐上八十噸的機帆船，花了十個小時，終於從淡路島抵達大阪。當機帆船突然減速，也就是從大阪灣往河道較窄的安治川上溯之時。河岸野草叢生，圍著鐵皮牆的簡陋工廠零星分布其中。在明媚的春光中，煙囪竄出的黑煙，令人格外覺得濃黑沁寒。吾平心想，原來這就是村人口中的大阪啊，一臉天真地頻頻眨著眼睛瞧。不久，機帆船抵達富島的碼頭。放眼望去淨是荒涼的蔥田，沿著河邊而建的民宅像石塊般零星分布。吾平從富島步行到千船橋，在那裡生平第一次坐上了人力車。他下船之後，吃了一碗五厘錢的烏龍麵，從千船橋到花園橋花掉二錢的車資，都讓他吃驚又捨不得。

譯注：一八九六年。

他離開村子時，便聽說那個頗爲關照淡路島出身的職業仲介已經搬家，但只知道好像搬到長堀橋那邊，他找了兩個多鐘頭，來到了四橋附近，實在不知從何找起，因而困頓地坐了下來。行人和貨車不斷從吾平的眼前疾行而過。滾運木材的師傅站在河邊的木材放置場，看著河面中氣十足地哼唱木材歌。剛砍伐的木頭散出香味穿過河邊的柳樹枝條撲鼻而來。筏子在污濁的河心緩慢前行。對吾平來說，腰袋裡僅存的三十二錢是他唯一的依靠。

「怎麼啦？」一個理光頭的白髮老人走了過來，彎下身子問道。

吾平已經失去了離鄉時的豪情壯志，很想投靠眼前這個老人。

「我是專程從淡路島來大阪當學徒，不料卻找不到那個職業仲介……」吾平說得哭哭啼啼的。

「從淡路島來的？若是淡路島的話，不就跟我同鄉啦！」

「咦？您也是淡路島人嗎？」

吾平在他鄉巧遇故鄉的人，不禁哭了起來。這是喜極而泣的眼淚。

「你眞的是想當學徒才來大阪的嗎？」老人說完接著問道：「你該不會是想來淘金的吧？」

「不是。」

「那你有什麼打算？」

吾平頓時語塞。他也不知道該怎麼辦。

「請您給我差事做！我懇求您，請讓我在您那裡幹活吧。」

「慢著！」

老人說完，仔細打量吾平。他的眼神讓吾平不由得兩腳發顫。

「算了，先到我家再說。」

老人不知在盤算什麼，只是兀自點著頭邁步而去。吾平跟在老人後面，沿著四橋河邊綿延的道路走去。老人身穿鐵青色的和服，腰間掛著茶色的錢包，腳下趿著晴天穿的矮齒木屐小步走著。他六十餘歲，花白的眉毛底下是一雙眼神銳利的單眼皮眼睛。吾平忐忑不安地偷看老人的表情。

老人在店門口停下腳步的同時，一股濃酸的昆布味撲鼻而來。吾平抬頭一看，正面屋頂上架了一塊刻寫「浪花屋」三個大金字的牌匾，在夕陽下，金光閃閃地映入吾平的眼簾。

「老爺，您回來了。」

這時從已灑水打掃整潔寬約十公尺的店裡深處不約而同傳來問候聲。

十二、三名身穿厚司布服（譯注）的學徒，在塗上紫紅漆的店內深處忙碌穿梭，見吾平畏縮地從旁邊走過時，無不投來疑惑的目光。吾平穿過兩個擦拭得一塵不染的小格子便門來到中

---

譯注：大阪特產的一種厚棉布。

庭，盡頭便是粗梁橫亙、天花板高挑、鋪著木板的廚房。寬敞而陰暗的廚房裡只亮了兩盞燈。灶上的大鍋正冒著白煙，四、五名女傭漲紅了臉，趿著高齒木屐咯啦咯啦響忙著煮晚飯。她們把頭髮紮成一束，用紅色袖帶束緊衣袖，有的在大竹籠裡切醃蘿蔔，有的去井裡打水，潑弄得腳下一片濕濡。一個身材嬌小梳著髮髻的女總管從屋裡走出來，緩緩地接過打雜女傭遞上的飯菜，靜靜地往偌大拉門的方向走去。

吾平被丟在廚房的角落枯等了約莫一個小時。

「老爺和少爺叫您去餐室。」

餐室在廚房的隔壁，在女總管的帶領下，吾平被帶到長方形的火鉢前。表情冷淡、面色蒼白的少爺坐在老爺身旁。

「父親，這個小孩就是您在四橋揀回來的？」

少爺說完，冷不防地怪笑，他從吾平的身世到淡路島的釣訊無所不問。

「哦，你才十五歲呀，個子是蠻小的，眼睛卻像鼷鼠般聰敏。想不到你還蠻勤奮的嘛。」

少爺對吾平冷言諷刺，重要的事情卻絲毫不提。吾平不知道該如何是好，心裡非常不安。

「請您們收留我，讓我在店裡工作。」吾平看著老爺懇求。

他們父子像打盹似地低聲交談，最後老爺嚴肅地看著吾平：

「今天是我們祖先的忌日，碰巧有故鄉的人來拜託我，肯定是有什麼因緣。你要好好工作，早點出人頭地。」

從這天開始，吾平在第五代浪花屋利兵衛這裡正式成爲學徒，按季領厚司布服、圍裙、棉質腰帶，並將本名吾平改成學徒名「吾吉」。

## 2

被稱爲學徒服的淺藏青色厚司布服背部和圍裙中間印有手持萬寶槌的財神大黑天和「浪花屋」的店徽。

穿上厚司布服的學徒吾吉，每天的工作是擦拭燈罩和灑掃庭除。他每天清晨五點起床，先把十二個燈罩整齊地排放在地板上，用綁著棉布團的竹頭仔細擦拭。這種差事其實無關緊要，可是吾吉每天偷偷看著店裡的買賣，不知不覺對做生意產生了興趣。在他看來，擦拭燈罩也是生意之一。

有一天，老爺如廁後經過簷廊，倏然停下腳步。

「吾吉，看你做事這麼認眞，你很喜歡擦拭燈罩嗎？」

吾吉沉默了一會兒，說道：

「不，這種雞毛蒜皮的差事，不適合我的個性。不過……這被燻黑的燈罩，說什麼也無法把醋味十足、充滿光澤的昆布照清楚……」

說完，吾吉漲紅臉，支吾了起來。

「什麼?你說得蠻有道理的嘛!」

吾吉聽到老爺這像是威嚇的話，不禁一凜。他擔心剛才是不是出言不遜?然而，四天後，吾吉從打雜被派到店裡幫忙。那是他進入「浪花屋」當學徒的第五個月。

雖說是被派到店裡幫忙，其實不過是裝袋秤量昆布，要不就是聽老爺和掌櫃的差遣使喚。每次叫喚「吾吉」時，他得馬上回答「是」，在還沒吩咐下來之前，便已起身站好待命，聽完吩咐之後，又立刻穿著草鞋飛奔出去。在機靈地掌握到這其中的竅門之前，他常常被罵「木人」、「木雞」。

吾吉每次被過長的圍裙趼住腳，鼻頭不斷冒出汗珠，頂著豔陽在盛夏街上奔波時，總會鼓勵自己：總有一天，我要成爲了不起的商人。也正因爲這樣，他跟本無暇糾正自己的淡路島口音。之後，他慢慢學會說一口流利的大阪話，連客人都察覺不出來。

黑板昆布十兩五錢、白板昆布七錢、細絲昆布九錢、熬味昆布二錢——每當顧客訂貨，吾吉總是內心澎湃，在心底告訴自己，將來要做個生意人。

「謝謝您的惠顧!」

他向顧客大聲致謝，連對面的針線鋪都聽得到。

他看店的期間，有時得運送昆布到其他分店或分號。他最大的享受是，來到四橋或末吉橋畔，將載著送貨箱的貨車停在河邊樹後，從箱裡取出一小撮昆布攤在掌心伸舌舔嘗飽含醋香的昆布。上等的昆布，入口即化，回味猶甘。此時他會把上等貨的批發價、加工費和售價，抄寫在用廢紙合訂的記事本上，計算利潤，學習如何控制成本。

少爺是浪花屋的獨生子，可能是因爲身體欠佳，對做生意興趣索然，但熱中琴唱歌舞，在業餘人士的淨瑠璃（譯注）排名中名列前茅。反觀六十歲的老爺，每天在外奔波，回到店裡還得嚴加管教學徒。

鄰人形容老爺的行事作風：

「老爺的臉和浪花屋店前的老掛鐘一樣，永遠一分不差。」

有一天，吾吉在倉庫搬昆布時，一小撮昆布從箱子掉出來，當他正覺不妙之際，一個巴掌已經從背後橫掃過來。他痛得眼冒金星，回頭一看，銳眼瞪視的老爺已擋在面前了。

「你這個笨蛋，居然這麼粗心！我們是靠什麼吃飯的呀？可全是拜昆布之賜啊！像你這樣不謹慎，還敢奢想將來成爲大阪最有名的商人嗎？」

---

譯注：傳統戲劇之一，與能劇、歌舞伎並稱為日本三大國劇。

仔細觀察，浪花屋每天都有幾十貫（譯注一）的昆布進出，地板上難免會有昆布碎屑。晚上，打烊後的打掃，老爺便站在一旁監視。吾吉正要把昆布碎屑掃在一起，一聽到老爺叮嚀不可混到紙屑，便戰戰兢兢得手指僵硬。把昆布碎屑掃成堆之後，老爺會仔細地挑出熬味昆布或眞昆布，哪怕是一小片，他都會拿去工作間，把它做成白板昆布絲或油炸成零嘴昆布廉價出售。因此，打掃地板時，必須特別注意，繩屑可以當垃圾燃燒，但不可以把塵土也掃進來。

人們常說大阪贅六（譯注二），輕輕鬆鬆就能賺進萬貫家財，其生財之道就是節儉、再節儉。吾吉也認爲，賺錢是一門技藝，不外乎就是節儉、勤勉、努力。

## 3

從那之後，吾吉對金錢的計算更仔細了。依照船場商家的傳統習俗，通常是不付學徒薪俸，但每個月會給五錢的零花用，中元節給二、三十錢，過年會在學徒的行李底下塞紅包表示慰勞。吾吉有時會擔心錢被偷，偶爾拿出來點數，之後又原封不動地放回去。連初一、十五「學徒放假日」必定到千日前商店街觀看狗猿表演，他也沒去湊熱鬧。總之，他連一錢的門票也捨不得花。

店裡的學徒在打烊之後，並沒有立刻上床睡覺，而是三更半夜跑到鎭上蕩玩。他們從新町橋東邊玩到丼池街；有時還謊稱跑到初七才做生意的順慶町夜市或小吃攤雲集的平野町夜市，其實是到一橋之隔的新町的花街柳巷冶遊。返回宿舍之後，幾個同儕趴在棉被上，津津有味地吃著買來的板狀糕點、烤花枝和紅豆餅，末了還用棉被蒙住頭故意大聲地講些淫言猥語。

「吾吉吃喝玩樂樣樣不敢，眞是個吝嗇鬼！」

聽到這番批評，吾吉在心中怒斥：什麼吝嗇鬼！你們等著瞧吧！每逢這個時候，他便朝藏在行李底下的私房錢瞥一眼，擔心得無法成眠。

隨著歲末的到來，燉煮用的「熬味昆布」，和放在祭神年糕上的「白口昆布」，以及與梅湯搭配的「海帶結」，賣況越來越好。尤其「白口昆布」都是用頂級寬板昆布精心刨至白絲見肌的高級貨，最適合用來祭拜神明。當鎭上專賣昆布的店家前面擺出長束的昆布時，便會令人感受到四、五天後即是新春過年的繁忙氣氛。

正因爲年關將至，每天的工作量也就越吃重。清晨五點起床，忙到晚上十一點打烊，好不容易沖完澡上床睡覺，已是深夜十二點了。儘管吾吉年紀尚輕，但仍覺得勞累繁重。他忙得雙手都磨破了，仍得用受傷的手，把堅硬的熬味昆布折成三段，再以扁帶將各五十錢綁成一束。

---

譯注一：一貫約三・七五公斤。

譯注二：東京人常以贅六來嘲笑、諷刺大阪商人。

每次折昆布時，手指的傷口便因滲出血珠而疼痛不已。每當扁帶勒到指尖，便痛得他整個身體在冰冷的地板跳了起來。

指尖疼痛得根本沒辦法繼續紮綁昆布。吾吉曾聽說當學徒是何等艱苦，想到這裡，不禁噙著淚珠，急忙跑進廁所。他蹲在女廁裡，抽抽噎噎地哭泣，抹在手背上的淚水把傷口滲咬得如火灼燒。

「吾吉，你在裡面幹什麼呀！」

聽到女傭突然大喊，吾吉爲之一驚，他居然在廁所裡睡著了。不知道是誰去告狀，老爺嚴厲的叫聲旋即從同儕的笑聲背後傳來。

「吾吉，你過來！」

吾吉強被按坐在廚房的地板上，不知何故，他始終覺得羞愧萬分。

「衣服全部脫掉，兩隻手抵著灰泥！」

「嗯。」

吾吉脫掉厚司布服，露出光溜溜的身子，跪坐在廚房前的三合土上，雙手平伸抵著三合土，這時兩、三桶冷水冷不防地往他頭上淋了下來。頓時，他凍得全身僵硬，兩隻手就像黏在三合土上。

「這樣你總該清醒了吧！你快著涼了。」

老爺說完，丟開水桶，往餐室走去。

除夕當晚，過了十點仍不得閒，忙得幾乎沒時間小解。除了主顧們接踵而至之外，有時還得應付只圖自己方便打算通宵營業大賣白板昆布的分號，抑或因臨時缺熬味昆布突然訂貨的，都得趕緊送過去。歲末寒風把吾吉的厚司布服衣角吹得飄飄作響，而推推車的手指早已凍僵。

他好不容易坐下來稍作歇息，店內深處馬上又傳來年長女傭不合情理的使喚：

「吾吉，神龕的稻草繩不夠用，去買些回來吧！」

這樣的差遣著實令人氣憤，但是爲了初一、十五能嘗到女傭額外給的烤魚，或多吃到一片醬菜，多少還是得巴結這些老資格的女傭。因爲每天早餐只能吃到醬菜和淡然無味的味噌湯，午飯則只配醬菜，晚飯也是簡單的菜餚（主要是燉菜）。

前面店裡的生意和裡屋的大掃除終於告一個段落了。

「來吃碗蕎麥麵吧。」

當裡屋傳來吃夜裡沿街叫賣的蕎麥麵時，除夕的鐘聲早已敲響了。吾吉一面吸著鼻子一面吃蕎麥麵，輪流洗澡稍睡片刻之後，他學徒生涯的第一個新年來到了。

每家店門口都掛上印有店徽的布幔。在新年的早晨，連大阪最熱鬧的順慶町街上，也顯得靜謐安祥。西邊約莫二百公尺遠的新町橋看起來特別美麗，從橋到浪花屋附近的道路也顯得份外寬廣。橋畔兩側林立丸喜和服店、小山花髮簪屋、福壽袋子屋、藤野布襪店、園田紅妝雜貨店、生島茶鋪等老字號店鋪。二樓深長斜傾的屋頂幾乎快探到街上來，每家厚實的屋瓦像是默契十足地疊列至屋簷處。看到商家錯落有致的建築，讓吾吉覺得莊雅又氣派。他穿著店家發給的棉襖、黑色的棉質布襪，雙手插在口袋，佇立在安靜的街上，凝視街景良久。

慶祝新年所用的餐盒，都是塗上黑色生漆附有腳架的角膳，而不是平時常用的四角箱膳，這更突顯出祝賀新年的隆重來。老爺和少爺坐在上座，前面擺著印有店徽的紅色角膳，少夫人（在船場稱爲太太）坐在少爺旁邊。從上座兩側依次而坐的是大掌櫃、二掌櫃、夥計、學徒等二十六人，加上坐在末座的五名女傭，讓緊連著餐室的這寬約十坪的空間都顯得狹小。學徒們穿上店家贈賞的和服，莊嚴地跪坐著。夥計以上的人，都領有紀州法蘭絨和服用的內衣，女傭則穿上銘仙綢的和服。只有老爺才有資格穿上和服外褂。

「恭喜新年好！去年承蒙大家賣力工作，使得店裡生意興隆。今年也請大家爲浪花屋的歷代基業努力工作。」

穿著印有店徽的黑色外褂和褲裙的老爺這麼說時，少爺和少夫人向學徒、女傭點頭致意。這時，大掌櫃立刻來到老爺和少爺的餐膳前，必恭必敬地拜年：

「恭喜浪花屋生意興隆。去年承蒙隆情關照，今年我們全體人員將更戮力工作。」

接著，大掌櫃依序向二掌櫃和學徒逐一寒暄，領飲著他們斟倒的屠蘇酒，這是船場商家的習俗。初次參加這種盛會的吾吉，只是口中念念有詞，一味地欠身趴伏，笨拙得不知說什麼好。

不諳商家拜年禮節的吾吉，居然被老爺指定陪著去與主顧們拜年。雖說在玄關前等候，聽著主顧的庭院裡傳來踢毽子的聲音，很令人煩躁，但想到回程時有紅包可拿，便又精神抖擻起來。當他們結束第三個位於道修町藥材批發商的拜年，來到本町四丁目轉角時，老爺說道：

「今天是元旦，這點紅包給你，去千日前商店街看看西洋鏡吧。」說完，把包了十錢的紅包遞給吾吉。

西洋鏡畫片的老闆，先敲響棒子，接著哼唱起哀怨如訴的歌曲。吾吉湊近直徑三寸的圓形窺孔細看，只見畫片依次轉動著。新年期間，上演的不外乎是繼子遭後母凌虐，要不就是父母和子女別離的悲傷故事。回程時，吾吉在戎橋北邊的丸萬食堂吃了一碗茶碗蒸。總共花了六錢。從故鄉來到大阪，這是他第一次花錢。

吾吉回到店裡，已經夜色籠罩，卻不見同儕回來。他從店家的窗戶看著街道，恰巧撞見一個準備去難波神社參拜的新町藝伎一手提起花色豔如腰帶的和服下襬，扭著臀移步往前走去。吾吉頓時感到羞赧，隨即仰頭轉過身，捧讀在舊書店買來的故事書。鹽原多助（譯注）的立志

譯注：群馬縣的一名清寒礦工，後來立志成就了大業。

美談讓他非常感動。不過，今天花了六錢，他心裡非常捨不得。

女總管阿鶴來到店前探看，邀吾吉到裡面玩紙牌。吾吉推說正在看書不想去，阿鶴旋即半威脅地說：

「少夫人正為沒人陪她玩紙牌而大感無聊呢，你若不去，後果不堪設想喔。況且少夫人有意輸錢，何不趁這個機會賺點零花呢。」

吾吉無法拒絕，只好加入牌局。

少夫人身上穿的跟早上新春團拜時完全不同，此時換上淺綠色華美的友禪染織的和服。她比少爺小四歲，芳齡二十八，可能是沒生小孩的緣故，看起來像二十歲的年輕小姐。她的皮膚白皙紅潤細緻，宛如剛出浴的貴妃。少爺也是長得白皙俊俏，因此附近便流傳，他們夫婦倆煞像成對的偶人。他們倆從來不去店裡和廚房。少爺不時到外頭練習淨瑠璃，少夫人成天在內宅學習茶道或練琴。對從小就必須到外頭幫傭幹活的吾吉來說，少夫人如此優裕的生活，簡直令他難以置信。令人納悶的是，比起家教嚴厲的老爺，他對少爺和少夫人更敬畏三分。就今天來說，少爺竟把向主顧拜年的事全丟給老爺，自己與學藝的同好去白濱遊玩，少夫人則像千金小姐般舒心愜意地玩紙牌。

阿鶴和打雜女傭阿松、阿梅等人，一面巴結少夫人一面盤算可以贏多少零花錢。吾吉絲毫沒有玩牌的興致，但可能是他在故鄉過年常玩紙牌的緣故，再加上手氣極佳，這一個小時裡，幾乎只贏不輸。

「這小孩眞是不可小看呀。少夫人，我該怎麼辦才好，我這下子可輸慘了呀！」

阿松神情沮喪地哭嚷，不過吾吉儘管贏了三倍的錢，並沒有特別高興。他總覺得對不起鹽原多助。

新春期間一過，過年的氣氛便少了許多，女傭開始把祝賀用的膳盒收進庫房。

「如果你將來想開昆布店，在自家店裡製作、販售、加工販賣，想成爲傑出的昆布店老闆的話，就必須懂昆布的刨法。」

自從老爺這樣告訴吾吉，吾吉便每天在工作間待到晚上九點，學習昆布的加工法，九點到十一點看店。

昆布的製作通常是，將海裡撈上來的原草昆布曬乾之後，以醋汁浸泡，等昆布吸足醋汁變軟，再把它展平然後捲起來放置一晚，這個階段稱爲「卷前」，也就是刨削昆布之前極其重要的「前置作業」。要掌握這個技能得學上一年；將「前置作業」的昆布加以「粗刨」，又得學上一年；然後用削紙如泥像鋸子般有兩百齒的刨刀刨出昆布表面的「黑板昆布」，必須學上三年；而要刨至白芯部分削成「白板昆布」又得學上兩年。另外，要把刀磨得像剃刀又薄又利，刨出木屑般的「細絲昆布」，又得學上四年。換句話說，一個學徒要完整學會昆布的加工技能，必須耗費十一年的光陰。

每個師傅刨削出來的昆布長短不一，若能刨出既長寬又薄的細絲昆布，即爲高級品，若是刨得短窄偏厚，即是次級品。通常高級的白板昆布長度較短，細薄得像棉花，含在嘴裡幾乎入口即化，並有軟如芋頭的滋味，而次級的白板昆布較長口感粗糙。技術拙劣的人刨削昆布時刨刀往往會溜滑失穩，刨出較長的昆布，賣相不佳。昆布在最初泡醋階段是否得宜，攸關風味的好壞。這就如同工匠掌握鍛造刀子的火候一樣，很可能因爲泡醋掌握得宜，浸泡出光澤亮麗風味絕佳的昆布，反之則口感不佳。因此在刨削昆布時，若有閃失，不但要遭老爺痛罵，還會被刀背痛擊。

## 4

經歷了艱辛的七年歲月，吾吉二十二歲了。他從學徒升爲夥計，也從學徒名吾吉改名爲吾七。那年正逢明治三十六年七月，第五屆國內獎勵實業博覽會，首次在大阪的天王寺舉行。浪花屋與一般參展的商家不同，大阪府來函通知，請浪花屋提供名產透過博覽會上貢天皇陛下。距離博覽會開幕只剩三個月。

「你也跟四個師兄弟一起好好表現吧。」吾七遵從老爺的指示。起初，他還擔心遭到同儕的冷漠以對，他儘管個子不高，卻充滿了幹勁。

製作貢品的工作間，中央設有神龕，旁邊用印有店徽的布幔圍住，再以檜木板隔成五個位子。他們五個人身穿白色厚司布服、白圍裙、白布襪和綁著白頭巾，身子半蹲下來，將昆布的一端塞在右膝下，讓昆布披在左膝上，以左手拉直昆布，慢慢地刨薄，連吐氣都非常小心，唯恐呼出的氣把它吹走了。這時，猶如棉花般的黑、白昆布絲飛向空中呈拋物線散落至膝蓋下面。整個工作間瀰漫濃郁的醋味，使得這靜謐的空間氤氳如煙。他們五人的吐息和刨刀刨過昆布的聲音，既規律又清脆。他們在那樣的空間裡，爲了製作出頂級的貢品，彼此暗自較勁。

貢品專用的原草昆布是選自北海道渡島的風味甘潤的既寬且厚的眞昆布，在刨削之前已浸過「三勘」醋。刨刀則是請大阪最著名的「小金屋」的師傅特製鍛造，可是老爺仍不滿意，數次要求重磨，小金屋的師傅怒氣沖沖地跑來嚷嚷：居然有人敢嫌小金屋的刨刀呀，簡直要天打雷劈！話說回來，如果刨刀沒能鍛得既薄又利的話，刨削昆布時，會發出刺耳的聲音，而且只會刨出條狀粗短的次級品。過了一個月，他們五個人仍沒能刨出令老爺滿意的作品，任誰看來都一樣。

吾七生怕無法嘗出昆布的醋味，除了素食，絕不吃其他東西。他握刨刀的手指已經發紫，而且肩膀僵硬，連拿筷子都痛得額頭冒汗。只好在臨睡前將手泡在水盆裡，舒緩了疼痛之後，再躺下睡覺。

吾七將刨刀供在神龕上，在受命接下製作貢品的第二個月，終於刨出入口即化、口感極佳的白板昆布，和晶瑩剔透既薄又長的細絲昆布。

「老爺，您看啊，我終於刨出像雪花般柔軟的……」吾七跑至裡屋向老爺稟告。

這時，端坐在裡屋的老爺等候已久似地回過頭來，把吾七刨的昆布絲放在白紙上，仔細端詳良久。

「嗯，品相極佳。」

「是嗎？」

老爺接著漱了口，抓一撮如雪般的細絲昆布含在嘴裡，約莫過了四、五十秒，舌頭愼重地抹動了一下。

「風味也不錯……辛苦你了。吾七，你表現得眞是出色啊！」

說完，老爺輕輕地向吾七點頭致意。吾七不知如何回禮，只是再次正襟危坐。

老爺分別把細絲昆布和白板昆布取名爲「御殿昆布」和「雪之露」做爲貢品。此外，做爲貢品的盒子，並不是請大阪的製盒店製作，而是專程向京都四條河原町的「桐惣」定製一個寬五寸、長一尺、深三寸的梧桐木盒。

大阪府知事來函通知，對這次上呈的貢品，天皇將授予獎狀，頒獎典禮定於七月十八日。吾七也會和老爺一起出席在大阪府廳舉行的頒獎典禮。一大清早，吾七便穿上棉質的黑色夏天和服，外面套上向大掌櫃借來的印有店徽的黑色夏季外褂。吾七從來沒有穿過印有店徽的和服外褂，因此少夫人特別叮囑阿鶴務必在這天幫他穿衣。炎炎夏日，穿上和服外褂，吾七熱得頭昏腦脹，感到呼吸困難。老爺穿了一身平紹紋的印有店徽的黑色和服，端坐在餐室搧著扇子送涼。這時，少爺急促的腳步聲從通往餐室的走道傳了過來。

「爸爸，從昨晚我就說了無數次，你仍執意要帶吾七出席嗎？今天這麼隆重的典禮，帶一個長相窮酸的人去，豈不丟人現眼？」

「不要再說了，這事昨晚就已經決定了，我自有打算啦。」

「如果你們兩個人要一起去的話，我當然也得出席，你難道沒有顧慮到我的面子和立場嗎？」

「今天的典禮主要是頒獎給呈送貢品的商家和製作者，跟你的面子和立場沒有關係。」

「是嗎？那就你們兩個去好了。」

餐室那邊傳來像是撞到屏風的聲音，少爺氣沖沖地走了。吾七感到尷尬與不安。少爺平常對做生意興趣索然，甚至毫不關心，但對這次的頒獎典禮卻表現出異常的關心。少爺已經三十八歲，打從吾七到浪花屋當學徒開始，他一直就是這種任性而為的少爺脾氣。他有家業、有錢、又長得瀟灑俊俏，卻偏愛風花雪月的事。

他們主僕兩人提早半個小時，於九點半到達大阪府廳。紅白相間的布幔從門口一直懸掛至三樓的會場，吾七被那華麗隆重的氣氛懾服，每逢與人擦身而過，便向對方欠身致意。會場的正上方懸掛兩位天皇的玉照，穿著印有家徽和服的入圍者儀容端莊朝講台並排而坐。他們全是與浪花屋一樣前來領獎的商家、府會議員和業界的重要人士。吾七隱身在老爺後面，神情緊張地端坐著。

驀然，傳來浪花屋的唱名，吾七跟在老爺後面起身往前走去。眼前身穿禮服儀態威嚴的大阪知事向他們遞上雪白的獎狀。老爺深深地躬身致禮，吾七不禁大聲稱謝，整個頭幾乎彎得貼住膝蓋，久久不見抬起。經旁邊的官員提醒之後，他才慌張地抬起頭來，此時老爺已經回到座位上，惹得全場發出陣陣苦笑。

頒獎典禮結束後，老爺出席中午的餐會。吾七在老爺的允許下，先行回去，來到半路上，他想去看看浪花屋也參展的國內獎勵實業博覽會。他把老爺託放的獎狀和銀牌揣在小布包裡，小心翼翼地捧著。

博覽會的會場在茶臼山的高地附近，儘管七月天裡豔陽高照，但仍有許多民眾前來參觀。會場的正門前高聳著村井兄弟商會香菸公司（當時香菸尚未由菸酒公賣局專賣）的廣告燈；一到晚上，廣告燈便發光掃探，亮到「走在道頓堀都可以清楚看到招牌字」的地步。會場設有兩處水花射向空中的噴水池，尤其又在入口處用七彩燈光裝點一丈八尺的瀑布，讓大阪人誤以為水中藏有電燈，無不驚奇連連。

離入口最近的是奇異館。吾七剛開始被那些西洋的玩意兒吸引，好奇地上前參觀。原來那只是無線電話、X光、彩色立體視鏡、擴音器、望遠鏡、電動冰淇淋製冰機、電風扇等，外表晶亮的機器罷了，而他又聽不懂解說人員的產品說明，也就興趣缺缺。

在博覽會的本館裡，共分爲農林、水產、工業、機械、教育、美術、動物、水族等八個展覽館。在農林和水產兩個展覽館，齊聚了大阪著名的產品，和其他縣市的名產。

吾七被人潮和熱氣弄得全身慵懶，脫下和服外褂、撩起後襟，一走到水產館前，便立刻整了整衣服，就像走進其他店家一樣說聲「叨擾了」，臉上掛著笑容，才走進去。幾乎所有的水產品全擺在陳列架上，有乾製和燻製的魚貝類、洋菜、海苔和海綿動物等等。不過，吾七沒有多做停留，而是急忙來到陳列昆布的展場前，緊抓著前面的欄杆。他幾乎是整個臉貼在罩著玻璃的陳列架上，豆大的汗珠滴淌下來。

「京都、神戶、東京、敦賀等商家參展的產品，品相都很差，那是因爲他們不懂得泡醋的訣竅，而且刨切得太粗，做師傅的應該更努力些才行呀。看來刨製昆布還是大阪最行，你們仔細看吧……」

吾七看得渾然忘我，手勁越握越緊，最後因爲太用力把右手裡的獎狀捏皺了。

這天傍晚，爲了體恤吾七的辛勞，老爺給了他四、五天假，要他拿著獎狀返鄉慰藉母親。

吾七的母親六十九歲。七年前，吾七離開淡路島時，母親特地送他到洲本的碼頭搭船。吾七的父親已經去世，當時與務農的兄嫂同住的母親，強忍著與兒子的離別說道：

「除非病痛，否則不要回來喔！」

然後從懷裡拿出一個小布袋遞給吾七。

小小的布袋裡裝著母親僅有的三十五錢私房錢，以及請人寫下的大阪職業介紹所的地址。這七年來，母親因爲不識字，吾七也拙於寫信，母子倆幾乎沒有書信往來，不過每逢中元節或歲末，吾七必定會寄點錢給家鄉的母親，而且一次比一次多，這正表示吾七身體健康並且勤奮工作，讓母親安心不少。這次返鄉，他帶了貢品級的「雪之露」和「御殿昆布」，又給了母親一圓的紅包。

「當初，你不喜歡種田，跑去大阪，現在居然能做出獻給天皇陛下賞識的東西……」

母親有點不勝惶恐，把兒子專程帶回來的禮物昆布供在神龕上和亡夫的靈前，最後竟然放到長黴。而兄嫂和孩子們收到吾七送的小米餅也高興不已。

爲了一圓母親的夢，吾七返回大阪時，專程帶著母親到道頓堀看戲。母親興奮地說，原來那就是成駒屋啊！當他看到母親神情專注地看著鴈治郎扮演紙屋治兵衛的豔麗模樣，一手從層盒取出的壽司無力地掉在膝蓋上時，便直覺到母親來日無多。果然，母親回到淡路島，尚來不及向左鄰右舍暢談旅途見聞，便突然撒手人寰了。

喪母後的吾七更加奮發圖強。不過，同儕和掌櫃總是故意刁難他。比如，臨到吃飯時間，他們便想盡辦法讓吾七忙不過來，等他好不容易坐在飯桌前，飯桶卻早已見底，只剩帶蒂的醬菜散落桌面。尤其師兄掌櫃清助對他的敵意最深，不時從帳圍（用木板圍成的帳檯）投來兇惡的目光，看到吾七稍有疏忽，便故意在旁邊大聲斥罵，不僅如此，還故意對不擅於算盤的吾七說，打烊後要結帳，然後連珠炮似地念出買賣數字。吾七若來不及撥算，便出言挖苦：

「憑你這三腳貓的功夫，竟然這麼快就當上夥計呀。都是老爺太偏袒你了，你這個混蛋！」

在帳目沒核算正確之前，即使已經是深夜十二點了，依然不得休息。

「帳目不對，重算一遍！」

掌櫃清助大聲嚷嚷得連裡屋都聽得到，吾七只好不斷撥珠重算。

「好啦，笨蛋！」

當清助這樣怒斥時，吾七雙腳已經痠麻得站不起來。儘管如此，吾七仍抱持這是身爲夥計必須忍耐的歷練，末了還欠身鞠躬說：

「承蒙掌櫃關照了。」

說到店裡的學徒生涯，一般慣例是先當十年學徒、三年夥計，好不容易可獨當一面，且又深諳與顧客和仲介應對之道，才能當上掌管帳簿和出納的大掌櫃。就在吾七當了七年學徒，升上夥計的第二年，有天早晨拜過氏族神的老爺把吾七喚至跟前說：

「你明天起，可以穿上和服外褂了。」

吾七當學徒以來，今天終於夙願以償成爲「可以穿上和服外褂的掌櫃」了。他的名字也由夥計名的「七」字，升格爲掌櫃名的「助」字，改名爲「吾助」。二十四歲的吾助，月俸升爲二十一圓。

## 5

吾助升上掌櫃之後，翌日起，便代替老爺到靭永代濱採買昆布。載著來自北海道昆布的船隻駛進安治川的河域之後，貨品改由艀舨溯著堀江川而上，運至靭永代濱卸貨，再開始投標。

自德川時代以來，大坂即以諸侯領地物產的集散地而聞名內外，諸侯儲藏兼出售糧食等的棧房，依棟相連處處可見。昆布的批發買賣始於正德年間（譯注），近江商人把木綿類的日常用品銷往蝦夷（北海道的舊稱）的松前，再以回程的空船裝載昆布。因爲這個緣故，南堀江二番町、北堀江三番町、靭北街、中街等聚集了許多昆布批發商和仲介商。

昆布的買賣通常是由產地的仲介商以當時的行情向昆布採撈者買進，再轉賣給函館、釧路、小樽等集散市場的批發商；抑或批發商跟仲介商簽訂合約，支付約定的手續費，請其代爲採購昆布，再運送至大阪的集貨批發商。集貨批發商除了向對方收取每十貫五厘的搬卸費、四厘的倉儲費、五厘的出貨費之外，並且收取交易額百分之四的佣金，同時也向昆布加工業者或零售商推銷。船費和打包費用由批發商支付。小資本的零售商明知透過仲介商必然吃虧受損，但苦於資金周轉困難，也只能如此。再說零售商沒有可儲存大量昆布的倉庫，被仲介商索取倉儲費，也是無可奈何的事。而仲介商積少成多的購進，生意自然經營得下去。不過，打錯算盤的話，濱河地區便可常見身穿髒污厚司布服的零售商，與穿著華麗絲綢和服嘴上叼著牙籤的仲介商形成強烈的對比。

業者每年採購昆布一次，時間從九月中旬到十一月底。採購的時候，每個業者幾乎是傾其家財，即使典當妻子的腰帶，也要買足整年的貨。在北海道或庫頁島，從立秋前的七月二十一日至八月中旬，昆布的採撈即告結束，然後趁道路尚未被冰封雪凍的十一月底前，將昆布運到大阪。

七月中旬採撈的昆布稱為「初摘」，這種昆布質地透明風味最佳；八月一日至八月十五日採撈的昆布稱為「中採」，質地較厚，色澤略為黑濁；而「後撈」則是八月中旬至九月一日採撈的昆布，質地較為粗糙，摸起來猶如青蛙背部的肌理，風味也遜色得多。具有一、二十年採購經驗的昆布商人，一眼即能分辨昆布品質的好壞，對經驗尚淺的吾助來說，每條昆布厚薄沒什麼兩樣，全是褐色的條狀物而已。他嘗不出加工之前原草昆布味道的好壞，只能全憑感覺。

譯注：西元一七一一年至一七一六年。

有時，吾助顧慮「初摘」的昆布進價太高，把希望押在下批到貨的優質的「中採」昆布，卻因海上風浪大，船隻受阻無法行駛。後來，又聽信濱河的批發商，以爲高檔昆布即將到貨，而苦等下一班貨船，結果卻白等一場！待察覺時，爲時已晚。因爲高檔昆布早已擺在濱河批發商的倉庫裡，價錢翻了幾翻，讓他吃了大虧。所以，採購者必須練就辨識昆布的優劣，以及看準那年天候抓準進貨時機的能力。

眼下，吾助的採購連連失敗，一回到店裡，神情凝重地頻頻向老爺道歉，這時，老爺出言打氣：

「做生意嘛，難免有賺有賠。賠錢也算是成本啦。所謂花錢買經驗，以後更謹慎就是了。」

老爺沒有半點責怪。吾助終於領悟到動見機先和錯失進貨良機導致虧損的道理了。

當時，明治三十七、八年，日俄戰爭的關係，軍方大量採買昆布做爲兵員伙食，昆布的行情因而大爲翻漲。由於採購昆布的交易額實在龐大，一稍有失誤便足以造成重大虧損。這對吾助是千載難逢的機會，所以他戰戰兢兢地學習採購的竅門。

吾助經過兩、三年這種大量採購的歷練之後，再沒有被濱河批發商惡意哄抬價格，或被批發商耍詐討價還價吃悶虧的事了。此外，他到濱河的時候，還深諳給搬運工人塞點小費，向他們打聽北海道的情況，雖然掌櫃不需卑屈到召妓招待批發商，但有時也得請他去韌濱街的餐館小酌一番。吾助幾番歷練下來，在投標喊價時，自然多了份威嚴與架勢。不知不覺間，同業談到浪花屋的大掌櫃時，儘管人是長得其貌不揚個子又小，但卻受到老闆般的禮遇。當店裡的三個學徒每個月兩次拉著板車從存放在韌濱的倉庫載回一百五十貫昆布時，吾助早已穿好厚司布服繫著圍裙，站在灑掃乾淨的店前，等候板車的到來。

由於整年份的昆布都在採購前的盂蘭盆節售罄，向濱河批發商苦求仍被拒絕的零售商，便拉著板車來到浪花屋門口，執拗不休地要求：

「拜託，請通融撥點貨賣給我們啦，我們連中元節都沒貨可賣了。」

吾助曾看準那年的「後撈」昆布可能缺貨，便大量搜購囤積，最後果真被他猜中，賺了三倍的價錢。不過，有時他會敏銳察覺到那年很可能缺貨，就算零售商苦苦哀求，也不願出售，而是抱貨撐忍了兩年，終於度過歉收的年頭。有一天，老爺滿心佩服地對吾助說：「你很有做生意的天賦，可以獨立門戶了，雖然有點捨不得你走。」吾助二十七歲的那年春天，離開浪花屋另立分號。

## 6

吾助為了報答雇主，在浪花屋又待了一年，之後領著主家贈與另立分號的二百五十圓，和成套的生財工具離開本家，到北邊的立賣堀租了一間店鋪。此外，他也在第十三年歸還學徒名，恢復本名八田吾平。他二十八歲那年的一月十日，正逢今宮戎的祭典。

這天是財神賜福保祐生意興隆的大好日子，大阪的商家一到傍晚便打掃店面準備打烊，帶著揣著紅包的學徒和女傭興匆匆趕去祈福拜拜。從大國町到今宮戎社的院內，路兩旁擠滿了攤販。在乙炔燈的青光照映下，紅藍黃色彩鮮艷的多福飴，更是耀眼多彩，攤販高吭的招徠聲被喧囂的人潮淹沒。

老爺和少夫人等提著掛有紙糊的錢幣、米袋、商家帳簿等象徵招財進寶的短竹枝串，在只能探頭傾身擠得水洩不通的甬道上挪步前行。一個身穿漂亮和服梳著裂桃式的頂髻插上短竹枝串的小姐，好像被人惡意捉弄，發出高尖粗野的斥罵聲。來到今宮戎社的惠比須和大黑神的面前，每個信徒都毫不顧忌地拍手祈求神明廣賜財源。大阪人沸沸揚揚地猜說，今年財神前的香油錢肯定比大阪往年任何祭典更勝一籌，八成多得數不清。有些信徒對香油錢箱興趣盎然，祈求財運亨通，探出身子往神社深處的香油錢箱猛擲銅板；巫女（譯注）踩在散落的銅板上，婆娑地跳著神舞，祈求帶動大阪的景氣。

吾平也向財神祈求主家生意興隆，和自己早日出人頭地，接著毫不遲疑地將五錢的銅板越過巫女的肩膀往香油錢箱擲去。就在他探身丟擲銅板的時候，一抬手不小心撞到旁邊中年男子的頭，惹來大聲斥罵：

「你幹什麼呀！我的頭可不是財神的萬寶槌耶！」

吾平扛著象徵招財進寶的大枝的短竹枝串，直接前往順慶町問候浪花屋本家，當他來到八幡街和御堂街的轉角處，霍然看見一個熟人。那男子在路邊開了家小店，點了盞昏暗的乙炔燈，販售捏壓側腹便會發出叫聲的布偶。他停下腳步一看，原來是昔日同在浪花屋當學徒的太吉。

「啊，你不是太吉嗎？我是吾吉啦。」

「唉，居然讓你看到我這副落魄的樣子。」

太吉尷尬地別過臉去。儘管如此，最後他仍草草掩上生意冷清的店，與吾吉走進附近的餐館，叫了一份雞肉蓋飯。

「我說吾吉，我在浪花屋當學徒吃不了苦，半路逃走。後來，心想日本橋的舊衣鋪可能會輕鬆些，結果還是一樣。接著，我又到瀨戶物町的陶瓷店、道修町的藥材行、平野町的鞋店，一家換過一家，結果發現，在船場一帶的店家當學徒都同樣嚴苛。我這個人天生缺乏毅力，無法在同個地方待太久，去什麼地方都一樣。所以，我已經沒有希望成爲能幹的大阪商人了。心想幹什麼都好，只要輕鬆的差事就行，才會落到今天這個田地。很可笑吧？」

---

譯注：在神社中服務，從事奏樂、祈禱、請神等的未婚女子。

太吉吃著雞肉蓋飯，一副無精打采的樣子。新年期間的夜晚，太吉身上穿的卻是髒污的衣服、脫了線的腰帶。他似乎落魄得買不起一雙鞋，眼看著木屐帶都快磨斷了。

「我們當學徒的時候，真是苦啊！」

吾平也點頭同意，不禁回想起當學徒時的辛酸歲月。

「這些你拿去買點東西吃吧。」

吾平說著，包了幾個銅板，強塞到太吉的手裡。

本家的全體員工很早便趕去今宮戎看祭典。少夫人在回程的時候，到中座看戲，老爺則一個人躬身坐在暖桌前，朗讀《繪本太功記》（譯注）的第三回，在寬敞的屋裡聲音聽來格外響亮。餐室只亮著一盞十六燭光的電燈。吾平不想打斷老爺的興致，悄悄坐在光線昏暗的門檻旁聆聽。

吾平對自己當初在四橋畔像隻小狗被老爺收留的往事，至今仍銘記在心。老爺今年七十三歲。

「吾平嗎？」老爺回過頭來，聲音出奇地安祥。

「我已經沒什麼可教你了。你要努力，做個了不起的商人。商人首重凡事忍耐。這是我六十歲生日時的感言。」

隔天起，吾平恪遵「凡事忍耐」的精神勤奮地工作。

每天清晨五點，浪花屋本家的學徒們睡眼惺忪地打開大門時，推著手推車準備採購當天所需貨品的吾平便已經來到大門前了。不久之前，還穿著和服外褂頂著批發商店號光環的大掌櫃架勢的吾平，現在卻穿著厚司布服繫著圍裙，自信昂然地站在門口。

學會了刨削昆布技術的吾平，絕不買利潤微薄的加工品。舉例來說，一條原草昆布十兩三錢，加工前的前置作業得花上一錢，刨成白板昆布得二錢，刨成細絲昆布又要三錢，扣掉這些加工費，根本沒有利潤可言。因此，他空閒之餘便熬夜加工，把其他店家十兩賣八錢的白板昆布，以七錢賣出，把十兩賣十錢的細絲昆布，以九錢賣出，旋即贏得了售價低廉的口碑。生意因而很好，老爺從每天來批購原草昆布的吾平口中得知店裡營業額不壞，便高興不已。吾平採購昆布，從不假掌櫃之手，老爺為體恤做事規矩、結算清楚明快的吾平，總是親自到倉庫搬出高級貨便宜地批發給吾平。不過，這卻引來其他分號的斜眼嫉妒。

---

譯注：日本偶人淨瑠璃、歌舞伎歷史劇。由近松柳和近松湖水軒等合作，根據明智光秀從叛變至滅亡十三天中發生的故事改編。

## 7

吾平另立門戶的第六個月，老爺見店裡的生意已步上軌道，於是勸吾平早日成家。老爺的姪女很早即失去雙親，由伯母一手扶養長大，是個性格溫馴的女孩。然而，吾平自知自己個子瘦削，僅有五尺一寸高，而且下巴尖凸，眼睛又小，因此對結婚這件事意興闌珊。此外，他又顧慮到身爲商家的妻子必須跟店內員工同樣勤奮才行，況且對方又是老爺的姪女，所以吾平始終沒什麼意願。他決定向老爺道出心中的猶豫。

「你果眞是個勤奮認眞的人。而且你看到我兒子娶了個不做事的媳婦，因而懷疑我的用意。我那獨生子就是喜歡那種媳婦，我也知道不該那樣寵他。可是你的情況不一樣。如果用昆布比喻的話，我們家千代就像頂級的眞昆布，放越久越有風味。」

「哦！頂級眞昆布？那我非得領受才行。」

依老爺鑑別昆布的功夫，把自家姪女比喻成眞昆布，吾平自然無話可說。

千代是個才幹和容貌普通，身材有點豐腴，開朗健康的女孩。與她踏實而健康的形象相符，她的嫁妝大都用來添購顧客用的坐墊和寢具，漂亮的衣服以及和服用的長襯衣，這類無謂的花費，她沒花半毛錢。剛開始，吾平原以爲是誰在背後獻計，後來才知道原來千代的性格就是這麼節儉。

新婚後不久，千代買菜買魚也是能省則省。有時魚販挑魚來到廚房後面兜售，她殺價殺得對方幾乎不賣她魚了，她把省下的錢用來買烤魚或溫壺酒慰勞夫婿。

吾平婚後第一個月，千代和學徒定吉在分裝歲末用的白板昆布時，突然響起緊急的火警鐘聲。街上奔跑的人群中，有人大聲說，順慶町失火了，吾平一聽到消息，立刻急奔而去。白天發生火災，大老遠便看得清楚，只要用跑的很快就可以到浪花屋的本家，但卻偏偏遇上載著棉被和衣櫥逃難的貨車與群眾，想快也快不了。吾平奮力擠過人群，來到通往順慶町的轉角處，眼見火勢已經從御堂街那邊延燒到距離浪花屋前的五、六家店了。

老爺外出不在。店裡的學徒和夥計紛紛把成梱的原草昆布扛到貨車上，拉著車東跑西竄。吾平火速衝進屋裡。衣櫥和長形衣箱散落四處，女傭們直哭喊著和服會被燒焦。吾平不要命地連穿過幾個房間，衝上二樓，來到設有神龕的房間。濃煙從窗戶竄進來。只見少夫人站在約有兩個壁櫥大的米黃色神龕前，一面被濃煙嗆得咳嗽連連，一面急著搬移牌位。吾平見狀，馬上從少夫人手中將牌位移到小神龕上扛在背上。

「啊，浪花屋的店招終於保住了。」有群眾這樣說。

吾平尋聲回頭看去，少爺和大掌櫃米助卸下印有商號的布招，從火星四濺的火場跑了出來。看到神龕和自家店招都安然無恙，少夫人、少爺、大掌櫃以及學徒，個個痛哭失聲。

店招是商家的生命。分店和另立門戶的店家姑且不說，連主家的家眷看到印有商號的布招，都得鞠躬致意，絕不容許隨便鑽頭而過。正因爲這樣，他們才不顧危險也要保護這店招。這一幕商人誓死保衛店招的傳統習俗，讓在場圍觀的群眾爲之動容。

浪花屋除了倉庫之外，全被燒毀。

釀成火災的丸喜和服店老闆，穿上印有店徽的和服外褂，打著赤腳，向受火災波及的附近店家，逐一下跪賠罪：

「敝店不愼釀成火災，造成大家的損失，我在此向各位鄭重賠罪……」

凡火災肇事者必須向近鄰賠罪，這是船場商家的慣例。昨天，還驕傲自大穿著肩膀印有喜字店徽的和服店老闆，現在卻在十二月初寒冷刺骨的天空下，沿街向店家賠不是，神情顯得份外落魄。

「吾平，我這輩子至今共遇上三次火災，每次都是從頭開始。不要沮喪，俗話說，越燒財運才會越旺啊。」

老爺說得沒錯，火災過後不到兩個月，浪花屋又恢復之前的生意規模，讓家眷和其他分號無不感到驚訝。生意甚至比以前更興隆，但七十四歲高齡的老闆，在那一年後的冬天，卻不敵感冒的折磨，撒手人寰。

老爺的葬禮隆重盛大。身穿白色喪服捧著牌位的少爺走在前頭，裝著老爺遺體的棺木在幾個男子的扛抬下，輕輕搖晃著，棺木後面則是舉著浪花屋店招身穿白色喪服的長長的送葬隊伍。

在煙霧濛濛的冷雨中，白色的送葬隊伍肅穆哀戚地走著，被雨絲淋得濕漉漉，每戶店家悄悄地關上大門，表示對浪花屋最深切的哀悼之意。一個勤儉奮發的大阪商人去世了。街上行人肅穆地目送送葬隊伍，使得氣氛更為凝重。吾平極力按住絞痛的肚子走著。

「老爺死了，今後我該怎麼辦。」

頓失十幾年來的精神支柱的吾平，突然大聲吶喊，險些昏倒。

老爺臨終之前，曾當著家人和其他分號的掌櫃面前對吾平說：

「我兒子已經四十五歲，是個可以獨立自主的商人了，可惜從小體弱多病，我沒能嚴格地加以調教，所以他沒什麼才幹可言。如果哪天他撐不下去，其他分號若有人願意扛起浪花屋的店號，我就可以含笑九泉了。在你們當中，以你的訓練最扎實，你要特別守住浪花屋的招牌啊！」

這是老爺的遺言。這番話壓得吾平喘不過氣來，但是他仍強打起精神，在店員們惶惑地談起老爺生前種種的初七那天，照舊拉著貨車往來於批發昆布的靭濱街上。

# 8

吾平即使另立門戶三年了，依然夜以繼日地工作，始終信守老爺生前的訓示：一個會拖欠房租、米錢和稅金的人，絕非稱職的商人。三年來，吾平一直遵守老爺這個教訓。這期間的過年三天裡，他仍開門做生意，惹來附近商家的抱怨。每遇到這種情況，他便更加賣力工作，時常通宵工作。

在寒風刺骨的冬夜裡，尤其是熬夜工作後，吃上熱騰騰的消夜烏龍麵，是一種無比的幸福。

「烏龍麵，消夜烏龍麵來了！」

每次聽到賣麵郎帶著悲調的吆喝聲從寒風中飄來時，吾平總會出來買麵。

「大叔，來一碗烏龍麵。」

「好，謝謝！」

賣麵郎停下攤車，拿起團扇啪答啪答地朝爐內搧火，轉眼間一碗熱騰騰的消夜烏龍麵端了過來。吾平一面吹涼熱湯一面吃麵，連湯汁都喝得精光，身體頓時溫暖起來，勞累也隨之消失。隨著年關將屆，越來越多商家出來買消夜烏龍麵吃，不僅是學徒，連老闆和夫人也出來吃烏龍麵。

吾平心想，爲什麼消夜烏龍麵那麼美味呢？八成是湯底的關係吧。後來，他每天晚上都叫碗烏龍麵吃，欲找出其中的奧妙。仔細觀察後，他發現賣麵郎的攤車中間嵌了個大銅鍋，銅鍋裡擺了兩個酒壺，用它輪流熬煮昆布味露，見味道熬得正好，便抓把柴魚片放進去，再加點醬油調味，最後把散發柴魚香的湯汁倒進碗裡。原來，消夜烏龍麵好吃的祕訣就在於昆布味露和少許的淡味醬油。由於這湯汁是用昆布爲底熬煮的，所以吃完口齒留香。因此，許多人都把消夜烏龍麵的湯汁喝得一滴不剩。

「嗯，既然知道消夜烏龍麵好吃的祕訣在於昆布，今後我得把昆布賣得更便宜些才行。」吾平幹勁十足地說道。

吾平又想，消夜烏龍麵用來熬湯的是普通的昆布，如果是北海道渡島產的高級「元揃昆布」，風味應該更佳，問題是價格差距太大。他苦思良久，「元揃昆布」大都是切掉尾葉整理後才出售，何不把切掉的尾葉收集起來，便宜賣給消夜烏龍麵的小販。

對賣烏龍麵消夜的小販來說，能買到物美價廉的熬湯原料，比任何人都來得高興。這消息傳出後不久，大阪市內約有二百個攤車馬上聚集在吾平的店前。那些攤車把用浪花屋的熬味昆布煮的烏龍麵送到船場的商家，而浪花屋的昆布美味，就這樣經由賣麵郎的口傳了出去。最後，連大阪心齋橋的「蝦丸」，道頓堀的「井筒」等大阪高級的烏龍麵店，也捎來大量訂單。

就在店裡有能力雇用五個學徒，自吾平開店以來當學徒的定吉升任時，吾平的長子辰平出生了。吾平夫婦結婚四年沒能生下一男半女，他正抱怨千代雖然健康勤奮卻因體質虛寒生不出孩子，但就在這時候喜獲麟兒，自然是欣喜不已。他興奮地把比一般嬰兒重七百五十克的辰平抱在懷裡，視兒子爲第二代繼承人，更專注於生意上。

大家都說，立賣堀的浪花屋分號的老闆吾平不但勤儉持家，賣的昆布更是物美價廉，因而逐漸博得在大阪市區四十幾家掛著浪花屋商號的同業的高度肯定。連高級餐館「灘萬」也向他下訂單。「灘萬」在大阪享有盛名，廚師手藝精湛，連特別講究美食的大阪人，也爲之折服。吾平初次接到「灘萬」的訂單，在送貨過去的那天，特別煮了紅豆飯慶祝。他一面在貨車後面推著，一面聞著從送貨箱飄散而來的高雅醋香，不由得推得更用力了。

後來，「灘萬」在橫跨堂島川的難波橋轉角開設大阪最早販售乾貨、海味醬、肉類、罐頭、洋酒等綜合民生用品的食品行，由於種類繁多地點方便，頗獲市民的喜愛。一天的營業額之高，讓從事零售商的吾平大爲吃驚，也讓他見識到何謂現代化的規模。之後，又聽說高麗橋畔要興蓋第一間三越百貨公司，他便趁大樓尚未落成之前，直接求得採購部門的首肯。

「我要在六層樓的百貨公司設櫃賣昆布了！」

吾平整個晚上纏著千代舉杯對飲，不厭其煩地重複這句話。

# 9

吾平三十三歲那年，正逢第一次歐州戰爭爆發，由於船隻嚴重不足，連昆布的批購也受到波及，北海道、庫頁島供給的昆布數量逐日減少。吾平每天守在安治川河域和梅田的貨運站，心急如焚地等候船隻和火車的到來。就在他預估昆布的數量比往年減少兩、三成的同時，這才察覺到因爲日俄戰爭的關係，大多數的昆布都被日本軍方買去當軍隊的伙食。

翌日清晨，吾平像奔喪似的臉色沉重地趕往北海道。他急忙將三等車廂的車票塞進帽子的緞帶，走進火車後，找了個靠近廁所的座位坐下。

「若要大賺一筆，到韌濱的批發商那裡投標就來不及了，還不如親自跑一趟北海道，大批買貨，右手進左手出，不但可賺回車馬費，還有工錢可拿呢。」吾平這樣告訴自己。

吾平做了決定後，先來到東京，在上野車站換乘東北線火車，坐了兩天兩夜才到達青森。抵達青森車站時，吾平被火車顚得腰痠背痛，但是還能忍受，他不想浪費住宿費和時間，連夜搭上青函渡輪。船底的三等船艙，擠滿小販和漁夫，他們睡相難看地隨便躺臥，行商用的大行李不客氣地佔去偌大空間。吾平尋隙擠了進去，坐了兩天兩夜火車的身體，好不容易得以躺下來，一躺下便全身感到疲倦，正昏昏欲睡的時候，驚覺到腰帶塞著大筆買貨的錢，心想，若在這種龍蛇雜處的地方睡著了，錢包被人摸走就不妙了。他想到這裡，不禁緊緊按住腰帶，勉強睜開那精明的細眼。從舷側的圓窗望去，吾平第一次看到津輕海峽。白色的浪濤在深藍的大海中劇烈地起伏。

抵達函館後，吾平看到憧憬已久的北海道的大門，其街景竟如此冷清，不禁大失所望。冷清的街道上，只有幾間模樣看起來蕭瑟的旅館。長途舟車勞頓的吾平，疲憊萬分地找了間旅館住下。在夜晚的房間裡，他一面喝酒一面打開向旅館借來的北海道地圖，像蝙蝠展翅般地俯盯著地圖。

「原來這裡就是我要去的地方啊。這地方應該有我要買的元揃昆布吧。我這趟好像在尋寶還是找美女似的呀。」

吾平瞇著眼睛，倏地想到海邊的進貨商（類似漁村的船東），馬上打電報過去：

浪花屋已到此地，欲購好貨。吾平。

吾平心想，對方收到電報，八成會大為驚訝，不由得心情大好，又多喝了一瓶酒助興。

翌日清晨，吾平坐上早班火車離開函館，前往軍川。他徒步越過駒嶽八里，在鹿部住了一晚，拂曉時分騎上馬兒沿著海邊經過臼尻、川汲、尾札部，走了十五里路，坐在馬鞍上的屁股都快磨破皮了，這一切都只為了採購昆布。

他每天都在顛晃的馬背上度過，沿著海邊走，一心只想快點到達昆布進貨商那裡。晴空萬里，卻冷澈逼人，伏天前後無風而起的大浪，一波波撲向海濱沙灘，淒厲的海風直摑著吾平的耳朵。時值立秋前的八月，穿著夏天和服的吾平，冷得直扣緊衣領。

「沿路上太單調了，你打起精神哼首歌來聽聽吧，我多給你些小費。」

吾平拍著馬背，儘管希望馬夫哼首海濱民謠解悶，心裡仍不免稍稍有些無助。一到海邊，唯獨那裡像新開闢的城鎮充滿了活力，整個海灘堆放著準備晾曬的昆布。

在不同海濱採撈的昆布品質各異。北海道渡島郡內的川汲、尾札部、板切、臼尻、木直等地，是加工用原草昆布的主要產地，業者以每兩貫紮成一束，稱爲「元揃昆布」。業者在處理這些高級昆布時，通常會用鐮刀從原草昆布的根部約四寸左右的地方將之切成新月形，再加以修整切口，使其長度和寬度整然一致；其中以每兩貫四十條爲頂級品，七十條屬於中上，一百條則是普通品，所以厚度和大小自然也就遜色得多。採購者批購昆布時，並不是逐條數算，而是以目測判斷那捆昆布的「條數」，若不能一眼看出，就會被大盤商當成門外漢，狠狠地大敲竹槓。這些頂級的「元揃昆布」，大都出自函館近海，加上剛採撈上來，保有較多樸素的原味。明明是海裡的物產，業者卻取名爲「山出昆布」，並視爲珍品。不過，即使同在北海道，越往北邊品質優良的昆布越少。日高產的昆布品質參差不齊。頂級的昆布會捲起待售，普通級的則做爲青昆布與芋頭和蔬菜一起熬煮。釧路和根室產的昆布品質差強人意，大都賣到風土病較多的朝鮮、滿州和中國等地，與豬肉和雞肉一起蒸煮，用來補充碘。再往北走，在千島群島和庫頁島採撈的昆布，品質最差，大都用於廉價的魚板和烏龍麵的味露。

吾平從八月初待到九月底的這段期間，到處大量搜購昆布。昆布的品質不僅產地有別，即使在同個地方，因爲晾曬昆布的海灘的沙質不同，也會有微妙的不同。這是吾平此行最大的發現。

例如，在閃著黑色光澤的沙底卻微微透著白光的黑沙上晾曬的昆布，其光澤美麗軟柔乾透得快。如果是在小石子上晾曬，雖然乾得很快，但碰到雨水和濃霧，小石子上的水氣，會侵蝕昆布的表面，不但有損其茶褐色的美麗光澤，甚至會造成紅斑。在泥地上晾曬的昆布，吸收光熱最慢，而且容易遇雨成漥，所以其乾燥度、光澤和價格都不理想，只能做爲廉價的熬味昆布。

吾平每到一處海灘，便捧摸沙子，對照昆布是否晾曬得宜。因爲就算在同個沙灘，也有細沙和粗沙之分，而晾曬出來的昆布，在陽光底下仔細看，可以看出表面上有微妙的差異。即使是在優質的沙灘上晾曬昆布，但如果沒有在採撈當天晾曬完畢，也很難做出品質優良的昆布。晾曬時間過久，昆布的重要成份會浮在表面上，出現奇妙的紅斑，使風味變差，所以要盡量避免在惡劣的天候採撈昆布。碰到天氣不佳時，昆布晾曬工爲了使昆布乾得快些，用手掌的溫度逐條交相按壓。然而，這種乾燥方式若處理不當，昆布很容易變質。

吾平不僅走訪昆布晾曬場，還親自坐上採撈昆布的小船。他坐上像愛努族船般的輕快小船，航向海域。昆布採撈工乘著起伏的淺墨色浪濤，手持像魚叉和魚鉤之類的採撈工具往海底戳探。他們從一、二十尺深的地方開始戳探，有時還划向近海，划至五、六十尺深的岩礁處，小心翼翼地放鉤下探。他們一面駕著小船兜繞，一面拿著長鉤耐性十足地探尋。當他們感覺到長鉤勾住生長在岩礁下的昆布時，便快速地勾纏，把昆布拉上船邊，與此同時，把划槳擱在船緣，一面留意昆布的重量以免壓斜船身，一面保持小船的平衡，看到纏繞成串的昆布前端時，得眼明手快地將一條條使勁地拉上小船。換句話說，手中的長鉤一旦感覺勾到昆布叢，就得盡量勾纏，若不一鼓作氣拉上來，須臾間就會被浪潮沖走。長期採撈昆布的工人，因爲靈活戳探的動作和粗重的肌肉運動，使得上下手臂的肌肉結實精壯，常使的那隻手腕骨節格外突起，身上不時帶著酒氣。吾平的請酒應酬終於發生效用，也拉進了他與採撈工的距離。他們一喝醉酒，破嗓子便唱起猥褻輕佻的歌，一身酒臭挨到吾平身旁說：

「……噢，你是來買頂級眞昆布的啊？你這樣子好像在追女人啊。既然你是來找女人的，那我的出航費可多收點才行。正如你看到的那樣，我呢到海上採撈昆布，老婆和女兒在海邊幫忙卸貨。她們晾曬昆布可眞用心哪，不但沒讓昆布沾到海沙，而且曬得乾透。我們可是名副其實的全家一起出動。」

「哎呀，談錢傷感情啦，先喝酒吧。這好比和女人親熱時談錢那樣令人掃興。來，多喝幾杯啦。」

吾平巧妙地岔開話題，結果連一毛錢也沒多付。其實，只要多灌這些昆布採撈工幾杯黃湯，就可以輕易打發他們。

他們住的是薄板葺的屋頂，草蓆或常綠樹等灌木建的房子，泥地間的角落鋪著細沙，上面再鋪木板，吃睡全在木板上，生活極爲貧困。不過，屋後不時可見散落的酒瓶。他們出海採撈昆布時，滿嘴酒氣，腰下還掛著酒瓶。這在受過艱辛學徒生涯的吾平看來，顯得既粗鄙又頹廢。

海邊進貨商通常先把村子裡二、三十家採撈昆布的業者統籌起來，凡是收購或出貨全經由進貨商的手。由於無論是小船、採撈工具或晾曬場地，採撈工幾乎都向進貨商借，因此採撈的昆布交由進貨商販售，他們可以拿到五五成至七成的錢，平均來說會被抽掉一成左右的利潤。吾平極力與進貨商殺價，甚至在裝貨時也不敢掉以輕心，每天趿著高齒木屐，站在碼頭前面盯著，嚴防搬運工藉機掉包。遇到天候惡劣或大風浪可能濺濕昆布時，他堅持喊停，不讓搬運工裝貨。

「這些貨是我花大錢買的，說什麼也不能弄濕了！」

連個性粗魯的進貨商見狀，也不由得佩服浪花屋的吾平不愧是了不起的大阪商人。直接到海邊採購昆布，不僅不必擔心產地或採收期受到欺瞞，而且不需經過領貨機關之手，即可直接買到物美價廉的貨品。在大阪商人幾乎尚未到產地批貨的此時，大阪與函館之間的二十七圓旅費，以及附三餐的一圓五十錢住宿費，和一天四圓的馬車費，不但可以輕易支付，還能賺得更多利潤。

「不過，載貨的船隻若被大浪吞走，連家財萬貫的紀國屋文左衛門（譯注）也得皺眉頭呢。」

在貨船尚未抵達之前，吾平茶飯不思，姑且不說每天早上到供奉蛇靈和氏族神的難波神社參拜，還到供奉海神的住吉神社獻燈，捐了很多香油錢。有時，連三更半夜貓兒跑過屋頂的腳步聲，都會把他驚醒，誤以爲是下雨或颳風，光著腳丫跑到外面察看。

## 10

只要貨進了倉庫，即使什麼都沒做，一樣可以大賺一筆。由於第一次世界大戰的影響，民生物資的運輸越來越困難，導致大阪地區昆布嚴重匱乏，因此採購價跟著飆漲。北海道的產地得知消息後，旋即拉抬行情，即使簽了約也不履約，甚至調高價格。吾平手上握有許多昆布，

譯注：江戶時代中期的富豪。

光是這一波的缺貨，就讓他賺了兩、三倍。沒多久，三十八歲的他，雇了七、八名店員，開始享受被稱爲「老爺」的那種春風得意，努力地累積存款。他一分一毫都惜不得花用。整天撥打算盤，爲錢財不斷增加而高興。不僅如此，他睡覺的時候，還把算盤放在枕邊，突然想到有什麼商機可圖，即使是在眾人已睡的深夜，或天快亮的黎明時分，他也會霍地起床，正經八百地端坐在棉被上，專心撥算珠。他那骨節突起的手指，始終不厭其煩地在泛著黑色油光的算盤上來回撥算。

然而，吾平稱心如意撥打算盤的日子，只維持了短短的八年。大正十二年（譯注）九月一日的關東大地震，讓吾平的心血化爲泡影。因爲那場天災把他從北海道大量採購運來的昆布燒得精光。

那天，吾平比往年更早到北海道的產地，結束採購之後，在返回大阪的途中，順便到東京三越接洽訂單。剛抵達東京，他和隨行的夥計定七住進吳服橋附近的商務旅社正稍做休息時，地面突然發出奇怪的地鳴，隨即劇烈地搖晃。

「地震！」

隔壁房間傳來喊叫聲的同時，拉門已經倒塌，燈罩也破了。吾平和定七連站都站不穩，匍匐地逃出旅社。整個東京像搖籃般晃動，四面八方燃起熊熊的火。吾平撩起和服下襬，身上只帶著錢包，一路急奔。一個揹著嬰兒、一手抱小孩、一手提包袱的女人，一路尖叫地跑了過來。幾個男子推著裝滿貨品的大板車死命奔逃，卻因撞上擁擠的人潮，大板車上頓時掉落了幾件貨品。吾平和定七不知道該逃往何處，只是本能地跟著人群移動。人群遇到前方有赤火竄燒，便又驚慌地往右邊逃去，繞到右邊，又急忙折回來，他們只好跟著往後撤。燠悶的熱浪陣陣襲來，土塵漫天飛揚，人群倉皇亂竄，哀聲此起彼落。

吾平和定七隨著逃難的人群不知不覺來到皇宮前面。放眼望去，皇宮前面幾乎全被揹著家當的民眾和身無一物的老人擠滿了。他們惶恐地看著遠處被烈火燒紅的天空。從正午開始延燒的火勢，到了晚上，仍沒有減弱，反而匯集成更大的火柱，無情地吞噬東京的街道。從新橋和銀座往日本橋延燒的火，又波及到淺草。那熊熊大火，甚至越過隅田川燒向本所，逐漸延燒成漫無邊際的紅色火海。

吾平和定七與眾多東京的難民一樣，只能坐在皇宮前等待火勢熄滅。夥計定七因爲飢餓和嚴重脫水，奄奄一息地躺在地上。吾平則是放心不下他費盡千辛萬苦批購的昆布。

「糟了，這下子全毀了！」

由於這次比往年早裝貨，貨車理應已到東京附近。若是這樣，我辛苦買來的原草昆布，豈

---

譯注：西元一九二三年。

不是……吾平哀嘆道。他們到皇宮前避難的第二天，在警察的引導下來到上野車站。車站裡充塞著悶熱和焦臭味。摩肩接踵的人群如潮水般湧向昏暗的車站，氣氛非常緊張，半毀的家具和破爛的包袱散落四處。警察隊站在剪票口嚴陣以待。

「去大阪的旅客，請搭乘信越線火車繞道名古屋，再前往大阪。」

聽到警察大聲的指示，定七激動得哭了。

「老爺，太好了，我們可以回大阪了。」

「定七，你先回去，我要折回北海道，再到產地買貨，我們專程批購運到的昆布，在附近被大火全燒光了。」

「老爺，您這樣趕去很危險，跟我一起回大阪吧。」

「笨蛋！同樣是買賣，我們大阪商人就是敢賭命做生意，可不像那些賺點小錢就沾沾自喜的鄉下生意人。我就是敢於勇往直前的大阪商人。你打從我開店以來就在店裡當學徒，應該最了解才對，你先回去吧。我要是這樣空手回去，說什麼也沒臉見大阪城的太閣大人（譯注）。」

吾平用力把拉住他衣袖的定七推開，硬是將他推進開往大阪的火車。他則是朝與大阪反方向的東北線走去，直奔北海道。

滿身汗垢和灰塵的吾平，艱辛地抵達函館附近，終於找到尾札部的進貨商。他那伊予碎白點花紋布夏季和服的背後已滲出大片汗漬，皺巴巴的衣領散出嗆人的汗臭味。

「我在東京遇到大地震，差點丟了命。我那批貨好像也被大火吞噬了，所以我沒有回大阪，直接從東京趕來。你手上應該還有存貨吧？我拚了老命趕來，請你把所有存貨都賣給我吧，不足的貨款我回大阪立刻寄給你。」

吾平那雙深嵌在眼窩裡的小眼睛佈滿血絲，彷彿就要噴出血來。進貨商平日是個不受人情關說、眼淚攻勢的人，但看到吾平身陷絕境仍捨命抓緊商機的才幹與氣概，不由得大受感動。

「好吧，我把尾札部所有的昆布存貨全裝給你。」

進貨商原本想趁東京大地震大賺一筆，囤積了些昆布，最後連倉庫裡的所有存貨全賣給了吾平。

「謝謝，太感謝你了！這樣我辛苦折回來就值得了。」

吾平拖著疲憊的身子，踉蹌地朝海邊的沙地走去，喃喃自語：幸虧，我來了呀。

他在尾札部住了一晚，在充分休息之後，直接坐上青函渡輪折返青森，搭乘東北線火車，再轉乘北陸線，東京大地震後的第二十一天，好不容易才抵達大阪車站。

吾平出發前給妻子打了電報，當火車緩緩駛進月台，他便看到妻子千代的身影。火車還未

---

譯注：豐臣秀吉。

停靠，揹著兩歲的忠平的千代，早已把手伸向吾平座位的窗框疾步跑了起來。十二歲的辰平和七歲的孝平跟在母親千代的身後跑著。當時先回大阪的夥計定七也跟在後面跑。消瘦憔悴的吾平看到這番景象，又想到這二十一天來的辛勞，終於有了回報，不禁淌下淚水。心想，啊，以後可不能再這樣逞能了。

東京復甦以來，吾平不斷接到東京的百貨公司和食品店的訂單。他於大地震發生時，低價買進了昆布，不但容易保存的昆布，連不需熬煮即可生食的昆布和魷魚乾等乾貨都銷路奇佳。接到東京訂購昆布能準時出貨的，只有他這家店。因爲其他家昆布批發店，在九月準備批購時遇到大地震，又沒能把握下次的貨期，因而不敢貿然接下訂單。不過，儘管收到東京的百貨公司和食品店的訂單，付款卻很慢，早則兩個月支付，遲至三個月後才付。吾平部分的貨品毀於地震時的大火，所以手頭很緊，那段期間周轉困難，因而不時往加島銀行和住友銀行兜繞，他心想，這種時候更必須拉緊與客戶的關係。大地震之後，銀行縮緊銀根，即使只借三十圓，也得向分行經理猛點頭拜託。不過，他仍不斷調度資金，持續供貨給東京的百貨公司和食品店。

## 11

七年後，時序進入昭和五年（譯注）的秋天，吾平四十九歲。他料得沒錯，新時代已經來臨，就是老字號的店鋪終將被百貨公司吃掉，因此他非常重視與陸續開設的百貨公司之間的生意往來。零售商紛紛倒閉，只有百貨公司度過了昭和初年不景氣的時期。立賣堀的浪花屋的名聲，透過在百貨公司販售的禮品，連其他縣市都知曉。

許多顧客專程到立賣堀的浪花屋購買昆布。到現在吾平仍嘆服地說：

「有一些鄉下的顧客跑來說，若不是我們店的昆布可不買呢！」

「百貨公司眞是厲害啊！」

後來，吾平覺得從店裡隔出的工作間實在太小，越來越無法應付加工的需求，很想蓋一間專業的加工廠。不過，昆布批發商自蓋工廠實屬創舉，因此他想微詢本家的意見。老爺去世後繼承第六代浪花屋的少爺已經六十五歲，他依舊像年輕時熱中於琴舞，把店裡的生意交給養子經營。

「你可別胡搞喔。我們昆布批發店跟打鐵鋪和針織品店不同，利潤非常微薄，自古以來就是這樣克勤克儉守成下來，要是有什麼閃失，後果可不堪設想呢。」

「時代已經不同了，越來越多的商家都與百貨公司做生意，我認爲值得試試看。」

---

譯注：西元一九三〇年。

「什麼嘛，我就是不信百貨公司有多威風。你身為我們老字號浪花屋的分號，居然不顧老字號的體面要跟百貨公司做生意？這件事我可不贊成！」

儘管遭到老東家的惡言拒絕，吾平仍認為百貨公司才是重要的客戶，而且若能大量生產昆布的話，到時候不但可以薄利多銷，也可攤抵人事成本和設備費。於是他決定拿立賣堀的店鋪向銀行抵押貸款興建工廠。他在從大阪港稍微上溯的安治川的幸運橋北邊盡頭買了一間小倉庫整修。這裡是離來自北海道的貨船入港後可以最快取得貨物的地方。

果真如吾平所料，他的夥伴和其他眾家分號都嘲諷他：

「你別得意忘形只想撈大錢，弄不好反而會身敗名裂呀。賣昆布原本就是蠅頭小利的行業。」

然而，因為吾平的昆布店總能適時而大量地供貨給百貨公司，每次接到訂單，他便可以自行調漲。

吾平有時候會去百貨公司，每每被請進總經理室。

「多虧貴店的昆布，讓我們食品區的營業額屢創新高呀！」

總經理向他致謝，奉上採購部端來的冰紅茶。後來，其他同業分號再也不敢說那些風涼話了。

吾平非常熱中於做生意賺錢，對學識和教育漠不關心。他識字不多，只會打算盤和讀寫金額，完全不關心子女的教育。就讀小學二年級的忠平、中學二年級的孝平，以及讀商科五專的辰平的聯絡簿，他從來沒有興趣翻看。有一次，忠平的級任老師來家裡訪問，稱讚忠平的成績優秀，讓平常不關心小孩教育的吾平甚是尷尬，彷彿做錯事般地臉色大變惶恐不已。可是，長子辰平說想念大學商學系時，他卻當頭怒喝：

「有錢人家的少爺都不念大學了，你這個商人的小孩居然還敢奢想啊！你還是趕快念完五專留在店裡實習，早點幫我打理店裡的事。學做生意，上大學根本沒有屁用！」

儘管遭到父親反對，辰平仍不改其志，連千代也受感動了。

「既然他那麼想升學的話，讓他讀三專也好……」

「這要花很多錢的呀！笨蛋！」

吾平面有難色，最後終於同意辰平念三專，但是辰平放學後得馬上到店裡幫忙。每逢中元節或新春忙碌時期，他仍讓辰平跟學徒一樣穿上厚司布服繫著圍裙，一會兒包裝昆布禮品，一會兒送貨到百貨公司，開口閉口都是我可是十五歲就出來當學徒呢，以此激勵辰平。

## 12

四年匆匆過了。昭和九年九月二十一日的早晨，大清晨便刮風下雨，天氣很不尋常。天空像鉛色般陰沉，不時傳來恐怖的風號，一波波撲襲而來。

念小學六年級的忠平和小學三年級的么女年子，走出家門不到五分鐘，就抱著被風吹折的雨傘，彎縮著身子跑回來。

「我們走到御堂街的時候，看到像棍棒的東西從天空飛來，根本沒辦法上學。」

那些像棍棒的東西就是大阪最早興造地下鐵工程所需的木材，這些木材在御堂街被強烈的怪風直往前吹去。每個店家都關上大門，神色倉皇地看著天空。電線像線屑般翻飛，招牌傾斜掉落，曬衣台和屋瓦散落滿地，強風絲毫沒有減弱的跡象。對面玩具店的學徒像稻草人般被強風吹得搖搖晃晃，極力要把招牌綁在電線杆上。

吾平在店前坐下來，壓抑著內心的不安——狂風、漲潮、安治川的工廠。不行，工廠絕不能有什麼損毀，他緊咬著嘴唇，咬得牙齒作響。

傍晚時分，淋得像落湯雞的學徒正吉跑了回來。

「老爺，慘了，境川那邊的水位及胸，我沒辦法涉水去工廠。」

正吉擰著濕至膝蓋的木棉長褲，渾身顫抖。

「哦，情況那麼糟嗎？」

雖說吾平早有心理準備，但仍非常痛心。

到了黎明，學徒揹著裝有飯團的層盒來到境川，洪水還沒退去，水深及膝。吾平和學徒乾脆脫下厚司布服和褲子，只穿著褲叉和汗衫，把脫下的衣褲揹在背上。爲了避免踩進坑洞，他們沿著電車的鐵軌走，但仍被木屑和金屬物砭痛腳底，走得蹣跚困難。滾滾的泥流往他們的褲叉下沖流而過。放眼望去，淨是一片泥河。有人揹著僅存的衣服和棉被涉水，也有年輕婦人把孩子放在水盆裡茫然地走著，也有渾身赤裸沾滿泥濘的孩子，每個人幾乎都受到洪水的侵襲，神情沮喪地在水中徘徊。吾平與往高處避難的民眾相反，朝大阪港的方向走去。

來到市岡三丁目，水位已快淹至吾平的胸部。在山裡長大的學徒怕水，不敢再往前一步。

「算了，你跟著我反而礙手礙腳，回去吧。」

吾平接過學徒遞來的層盒，把它和衣服一起包起來，纏在頭上。他一隻手托著那包東西，小心翼翼地往水深的地方移步。不過，涉至水深及胸的地方就舉步維艱了。只要一個不小心就會被沖走。到了這裡，粗木、榻榻米、貓狗的屍體全漂了過來。他注意避免被四周的漂流物撞到，在水中跋涉格外疲憊。過了四十分鐘，寒冷和疲累讓吾平快走不去時，一棟像小學的建築物突然映入眼簾，他朝建築物跋涉而去。位於二樓的寬敞禮堂裡擠滿了避難的老弱婦孺。他們躺在警察發放的草蓆上蓋著毛毯，吃著賑災的飯團。另外，還各領了三支蠟燭做爲夜間備用。一個與吾平一樣長途涉水而來的人，把椅子砸碎，丟進水桶點火燒柴。吾平凍得嘴唇發紫，抱著打冷顫的身軀，靠近火堆取暖。吾平的工廠就座落在大阪港稍爲上溯的安治川旁，他很想盡早知道那邊的災情。不過，他渾身打冷顫又疲累，實在沒有力氣涉水過去。就在他一面取暖一面望著陰霾低沉的天空時，一艘小舢舨朝這裡緩緩划了過來。他急忙拿著衣服和飯團，探出身子大喊：

「拜託，讓我坐你的船好嗎？我這裡有飯團和乾淨的衣服，你要的話統統給你，載我過去好嗎？」

「大叔，你眞有膽量啊，上來吧。」

一個年約三十歲的男子駕著小舢舨往學校二樓的窗邊划過來。越往安治川的方向，泥流便越加廣大湍急，大水已經快淹到二樓頂了。而水色也由混濁變成紅土色的滾滾洪流，船具和死屍從遠處漂流而來。

吾平位於安治川旁的工廠沒有被洪水沖走，但是花下大錢特別改裝位於二樓的倉庫卻泡水了。他從舢舨爬向嘩啦嘩啦進水的二樓的窗邊時，工匠尾本和吉田從天花板上探出頭來。

「昆布是不是全泡湯了？」

「嗯，就是你看到的這個樣子，全泡水了。昨天，冒著危險來到工廠的只有我們兩個，不過總算保住一條命就是了。」

兩名工匠平安無事，令人鬆了一口氣，但剛採購的昆布卻泡在水中，令他非常難過。飽含泥水泡漲成紅土色的一束束昆布，在吾平的眼前載浮載沉，腫脹得像醜陋的屍體。我的心血全化爲泡影了，想到這裡，吾平顧不得眼前的工匠，沮喪得差點跌坐下來。他不但花掉手頭的錢，還有蓋工廠的貸款，剛採購的兩萬貫昆布卻全泡在水中！包括醋、醬油以及其他器具，他損失了三萬三千圓，可說損失慘重。

第四天，大水退去，吾平把泡過泥水的昆布全扔進工廠後方的安治川。不巧，那些昆布捲進了行經的拖曳船的螺旋槳，造成螺旋槳損壞，船東向警察告狀，吾平不但被叫到警局訓話，還付了賠償金。眞是屋漏偏逢連夜雨啊，吾平氣憤地說道。隔天，在警察的命令下，吾平把腐爛的昆布用舢舨運到築港的河域丟掉。

一束束昆布很快地被丟進河裡，發出噗通噗通的聲響。這讓吾平想起兩、三個月前，長途跋涉到北海道沿海搜購昆布的艱辛往事。

「丟吧，盡量丟吧！」

吾平說完，一陣難以言喻的心酸掠過心頭。事後，他付給舢舨的船東五百圓。

受到天災地變損失慘重的商人，如同手腳僵硬的中風病人。好不容易接到的大批訂單，也只能垂頭喪氣地婉拒，現在光是要做零售生意都有困難。

向銀行貸款根本就不可行，吾平甚至跑到外縣市向客戶調錢，可是都被拒絕了。他四處奔波籌錢，累得兩眼充血，整個腦袋想錢想得快爆開。眼下，除了殺人搶劫之外，什麼奇恥大辱，他都願意忍受，無論如何就是要借到錢。他來到本家的少爺面前欠身懇求，原本即反對他蓋工廠的少爺劈頭罵道：

「之前，我不是告訴過你嗎？像你這樣做事莽撞，居然還有臉來跟我借錢！」

自從上一代老爺過世之後，吾平聽說浪花屋家道衰落，但沒想到這天求訪會受到如此無情的拒絕。儘管如此，他心想，最後也只好再次登門求助本家的少爺。於是，他於十月中旬有點涼意的日子，再度誠惶誠恐地前往順慶町的本家。

吾平怕夥計和學徒們看見，特意選在天色微暗的傍晚悄悄地穿過店內，來到裡屋的客廳，向少爺彎身跪伏，極其卑微地懇求：

「我不敢奢想能全額借我，只求您多少紓困一下，拜託……」

吾平說完，在場的女傭都投以冷漠無情的目光，然而少爺一語不發。吾平再次說：

「我三番兩次向您懇求相助，可說已經丟盡顏面，您難道不能……」

「哦，你這是在恐嚇嗎？我說過不借就是不借。現在，可不比從前了。從前老爺特別關照的員工，到我這一代可沒辦法凡事照顧。你的臉皮還眞厚呢。明白告訴你吧，像你這種落魄鬼，以後不准再踏進浪花屋本家一步！」

少爺狠狠地丟下這句話，便起身離去。姑且不說少爺是含著金湯匙出生，不懂得民間疾苦，但是他的絕情，讓吾平氣得渾身顫抖。人一旦到了窮途末路就完了——他刻骨銘心地體會到人情的澆薄。

吾平神情沮喪地走回家，整個人茫然不知所措。

「不行，我不能坐以待斃，難道沒有其他辦法了嗎？對了，我可以逃往北海道啊……」

夜路不易走，吾平這樣喃喃自語。走著走著，他想起十一年前發生關東大地震時，他從東京折返北海道的產地，那些當下就義氣相助的昆布進貨商。他認為，他只有在那裡另起爐灶了。回到家，他趁千代和四個孩子入睡後，於夜深人靜時，把少許的日用品裝進行李箱。當他穿上新木屐，正要起身時，看到今年已從三專畢業的長子辰平、念中學的孝平、念小學的忠平和年子酣睡長大的模樣，怎麼也跨不出門檻。

整個晚上，他像黏住似地坐在門檻。天濛濛亮了。

「嗯，我終於想通了。我要重新振作起來。去世的老爺曾教導我凡事忍耐，我要再蓋工廠，讓大家刮目相看！」

他發瘋似地大叫，什麼也沒帶猛然衝到外面。他平常外出，為了省下餐費，都會帶便當，這次卻沒帶便當，而且整天沒有回家。

那天，吾平一直坐在安堂寺橋的加島銀行西田分行經理的家裡，要求貸款，不過，馬上遭到拒絕。儘管如此，吾平仍認為這裡是他最後的希望，三天兩頭就上門來。每次登門造訪，很快就被趕出門，壞心眼的女傭還放洋犬追咬他。走到這種田地，顧不得什麼面子了，以後我要天天到銀行去，直到借到錢為止。

第十天，吾平依舊趿著二齒木屐踩響銀行冰冷的石頭地板，直接拜訪經理。

「我說啊，銀行確實只能把錢借給有信用的客戶。之前，你不是已經拿房子抵押借錢蓋工廠了嗎？這次你要拿什麼抵押呢？」

「抵押品……」

吾平不禁堅定地說：

「有，我有東西可以抵押。」

霎時，吾平眼裡含著怒氣瞪視對方。

「我拿從本家分出來的浪花屋的商號做抵押！對大阪商人來說，沒有比這更可靠的抵押品了。請您相信，商號就是商人的生命……」

頓時陷入漫長的沉悶。分行經理的身子突然往前動了一下，然後鄭重地對吾平行禮。

「浪花屋的商號的確是可靠的抵押品呀。嗯，你來辦貸款手續吧。」

「……謝謝，太感謝您了。日後我絕對會知恩圖報。」

吾平在冷清的櫃檯恭恭敬敬地捧著貸款。

吾平用這筆貸款，在十三大橋盡頭、不需擔心海水倒灌的高地上，蓋了一間佔地五百坪、建坪二百坪的工廠。他認為，這是他重整旗鼓所蓋的工廠，既是背水之戰，就得全力以赴。因此，他大舉增加設備，買了五台昆布刨削機、一台昆布茶粉末機、四台鹽味昆布裁切機，以及十三個鹽味昆布大滷鍋。此時已是遭受洪水肆虐的第十個月了。

在這種情況下，家裡的支出比以前困難，日常穿著自不待言，三餐伙食吃得很省。早餐是茶粥配醬菜，中飯只喝味噌湯，晚飯是菜葉和大雜燴，每個月一次最豐盛的菜色，就是十兩三十四錢的咖哩豬肉。他連六錢的路面電車費都捨不得花，寧願多走幾步路，連修理木屐帶的工錢，都詳細地寫在家計簿上，只要有點花費，就心疼不已。然而，吾平對員工的薪資、福利，或生意上的往來，從沒有怠慢過。他就算受盡各種折磨，也會豪氣干雲地擺出成捆的鈔票。

俗說話，商人不可穿得比顧客華麗。吾平沒有忘卻老爺的教誨，每逢出門做生意，總是穿著簡樸。與批發商或仲介商交際應酬，頂多只是穿著進口細條布紋的和服，繫上博多的條紋腰帶，罩著素雅的結城和服外褂，到茶屋飲酒作樂。你別看吾平在茶屋裡聽藝伎撥彈三弦琴和哼唱小曲，跟客戶插科打諢，彷佛幫閒者只會逢迎，其實這都是他的算計。當他醉得躺成大字形鼾聲大響，一偷聽到有生意可做，便迅速地爬起來，塞小費給藝伎，叫她馬上退下，然後笑臉盈盈地對客戶說：

「這麼好的事情，不算我一份的話，你就太沒良心了。」

結果，不需幾分鐘，一樁利潤可觀的生意便談成了。儘管客戶嘴巴上說你們全是些老狐狸啊！但也由此可以看出吾平的厲害和老謀深算。

# 13

吾平終於從債務纏身的苦境中走了出來。

與吾平的工廠交易最多的阪急百貨，在三越、大丸、十合和高島屋等百貨業裡，資歷和名氣最淺，沒有受到太多矚目，不過，它位於大阪市的交通要地，也就是方便搭乘路面電車、巴士、地下鐵等交通工具的車站大樓裡。此外，上班階級居住的新式住宅幾乎全蓋在阪急線電車的沿線上，在短短的兩、三年內，它便爬升到百貨業的龍頭寶座。尤其，阪急百貨又設有食品館，食品的銷路奇佳，因而又被稱為食品百貨。

浪花屋光是與阪急百貨生意往來就足以經營下去。不僅如此，阪急百貨與浪花屋的加工廠僅隔著淀川對望。當初，吾平花盡家財選在那裡興建加工廠，可說是押對寶了。因此，可以經常看到載送貨品的摩托車每天數次往返兩地的情景。

「正因為很近，所以可省下不少油錢哪。」

吾平張開嘴巴，大口吸著摩托車揚起的黑煙，表情甚為得意。

吾平和百貨公司做生意賺進大把鈔票，當二兒子孝平懇求繼續升大學時，他卻以僅讓長子辰平讀三專為藉口，說得支支吾吾的。不過，他繼而又想，今後跟百貨公司生意往來以及經營工廠，都需要嶄新的學識做後盾，於是沒等與孝平面對面談判便點頭答應了。

吾平在工廠的東南方設祠堂供奉蛇靈，爲紀念工廠設立兩周年的昭和十二年七月十日，他特地請來蛇靈法師舉行盛大的祭拜。時值七月上旬，穿著武士禮服的法師卻冷汗直流，不停痛苦地呻吟，匍匐到蛇靈祠堂前面。過了一會兒，他告訴吾平，蛇靈降旨，工廠的風水得改善，蛇靈的祠堂需請人鄭重地修繕。這番神旨讓供奉蛇靈保祐財源廣進的吾平，頓時嚇得臉色蒼白，不過最後仍是恭敬地依旨照辦。

吾平的加工廠規模不大，但仍慢慢地朝組織化生產邁進。比如，讓工人以按件計酬的方式核發加工費。爲此，四十出頭的從夥計升爲掌櫃的定助，專程從立賣堀的店到工廠監督。以前的商家在行商之餘，並沒有兼營家庭代工。也許是那些工人沒有嘗過學徒辛苦學藝的體驗，做事總顯得投機取巧不夠勤快。他們每個月只工作十天，便四處遊玩，等沒錢花用再回來工作，往往也只有當天最有幹勁。他們平日倒是沒給工廠惹出什麼問題，可是一到了年終趕貨，定助若沒板著臉氣得嘴唇顫抖在旁督促勉勵的話，大批訂單根本趕不出來。定助每次接到客戶頻頻來電催促總是爲遲交一事低頭致歉，他一放下話筒，就得趕緊盯著工人趕工，這使得做事謹慎篤實的他，每到年終，在短短的時間裡就瘦了六、七公斤。

吾平每天總是勤快地往立賣堀的本店、各百貨公司裡的店鋪、十三橋旁的加工廠，以及浪花屋的其他分號巡視。他已經五十六歲，身體相當健朗。他一如往常，趿著一般的二齒木屐，腰下繫著圍裙，給人樸實勤奮的印象。過了十二月二十日，正是昆布店最忙碌的時候，他在上本町的分號那裡聽到了奇怪的流言。

「吾平，你是不是賺過頭了？外面傳說，你們工廠的工人因為忙不過來，氣得趁夜裡將大批原草昆布扔進工廠後面的堀上川！」

「你說什麼？真的？你沒弄錯嗎？」

為了證實流言是否屬實，吾平坐上一圓計程車（譯注）回到工廠，倏地脫光衣褲走進堀上川，用釘耙往泥河勾扒。淀川河堤吹來陣陣冷風，雲層低垂，彷彿就要下雪了。

「老爺，您這樣會感冒呀。」

「請您原諒我們，趕快上來吧。」

幾個工人臉色慘白在河邊慌張地來回徘徊。吾平浸在寒冷的河水中，冷得牙齒直打顫。

「你們簡直是胡來！難道你們是想用這河水熬昆布高湯不成？一點也不體諒我千里迢迢到北海道採購的辛苦，你們是打算讓我關門嗎……」

吾平把用釘耙勾上來的昆布狠狠地往工人的臉上丟去，表情兇狠地瞪著他們，不論工人怎麼賠不是，他就是不願從河裡上來。掌櫃定助立刻跑到附近的派出所向警察求助，警察來到河邊，大聲斥責吾平：

「你打赤膊站在河裡，可要罰錢喔！」

經警察這番威嚇，吾平才悻悻然地上來。自從那次事件之後，吾平不敢掉以輕心，幾乎每天都在工廠過夜。

然而，後來又發生了一起嚴重打擊吾平的意外事件。

新春後不久，轄區新町警察局的刑警突然上門來。

刑警說，浪花屋年終賀禮用的賣往外縣市的鹽味昆布裡摻有滅鼠劑，造成買回食用的名古屋某鐘錶店的家人食物中毒。吾平聽到消息時，與其說是驚訝，倒不如說是茫然錯愕要來得更貼切。

「你們會不會弄錯了？」

「你最好少跟我們裝蒜，我們都已經來這裡調查了，你還敢說是我們弄錯。」

兩名刑警怒斥完，立即從立賣堀的店裡到十三橋畔的加工廠展開全面調查。他們認爲，店裡和加工廠很可能爲了避免鼠害，將滅鼠劑放在老鼠出沒的地方，但一時不小心把滅鼠劑放進鹽味昆布裡。此外，大阪府廳也派食品衛生課的稽查員前來，整整花了兩天的時間調查。不

---

譯注：大正末年至昭和初年，車資一律只收一圓的計程車。

過，都沒有發現使用滅鼠劑的跡象，也沒有找到造成相關事件的其他線索。儘管如此，吾平仍被留置在新町警察局。

「我們查過店裡和工廠，確實沒有找到這方面的過錯。可是你們在作業上難免會有些疏失吧，比如，年終趕貨的時候，一時不慎把滅鼠劑摻了進去？你仔細回想一下。」

偵察主任頻頻詢問，吾平始終堅持：

「我們做的是食品生意，絕不可能那麼馬虎草率。」

吾平看著自己被留置在寒冷徹骨的拘留所、腳下僅穿著草鞋，連腰帶也被拿走，情狀可說悲慘可憐。儘管被留置了四天，吾平的答覆始終沒變。最後警方失去了問訊的耐性，終於大發雷霆，拍桌威嚇：

「我是因爲看在你們浪花屋還算是有名商家的份上，問話客氣三分，想不到你卻不怎麼合作。告訴你，你再矢口否認，我們也會耍點手段，把白的說成黑的喔。」

吾平的妻子千代、長子辰平和掌櫃來到警察局幫他送來日用品。

「你不要再頑固不通了啦。若沒有找出證據，終究只是各說各話。你隨便說個理由回覆警方就好了嘛。」

「混蛋！我又不是詐欺犯或是侵占公款。遇到這種事眞是奇恥大辱。問題是，這次的事關係到浪花屋的商譽。我若處理不當，傷害到商譽的話，事業豈不就垮了？我一個人吃虧受辱倒無所謂，可一旦做生意，我就得誓死保護這塊招牌，你們不要只會說風涼話啦！」吾平氣憤地說道。

吾平依舊坐在拘留所的角落抱著膝蓋沉思，到了第四天，突然想出其中的蹊蹺了。他旋即告知承辦的員警，要求見偵察主任。

「你終於想找出原因了嗎？」

「嗯，我想通了。一般說來，老鼠不喜歡吃昆布，因此許多人認爲把昆布擺在老鼠出沒的地方也沒關係。照這樣說來，我們昆布店根本沒有理由使用滅鼠劑。不好意思，可否勞你再次通知名古屋的警局確認一下，問對方是不是經常使用滅鼠劑。依我推測，他們可能是把滅鼠劑放在廚房的碗櫥裡，不小心把碎屑掉進鹽味昆布裡。我想了想，就只有這個可能。」

吾平的推測並不是主任所期待的回答，不過他處理得很好。沒多久，大阪新町警察局立刻打電話聯絡名古屋警局。從那天清晨七點到傍晚六點的這十一個小時裡，吾平沒吃半口飯，端坐在拘留所裡等候名古屋警局的通知。他心情格外激動，沒錯，只有這種可能。

警察終於來叫他了。吾平興奮得幾乎要尿出來。他走進偵訊室，承辦刑警說：

「你說得沒錯。不過，你若早點告訴我們，就可以請名古屋那邊仔細調查，你也不必被拘留，眞是抱歉啊！」

「我猜的沒錯？果眞是這樣啊？」

吾平頓時說不出話來。想到終於保住了浪花屋的商譽，儘管狼狽地遭到收押，卻不禁淌下淚珠。

正如吾平所推測的，名古屋那間鐘錶店的女傭把滅鼠劑放在碗櫥時，恰巧裝盛鹽味昆布的盒蓋沒合上，一不小心將滅鼠劑的碎屑掉進盒裡。儘管如此，不論是那名女傭還是老闆之所以咬定是浪花屋的疏失，是因爲當時昆布送來時的包裝紙太過髒污，於是便很自然地認爲是浪花屋的問題。

儘管已經洗清嫌疑，但包裝紙的問題卻讓吾平深感困擾。

吾平走出警察局，一回到店裡，立刻把長子辰平、掌櫃和夥計們全召集到裡面的房間。

「這次事件之所以差點讓我們砸了浪花屋的招牌，仔細檢討起來，原因就出在你們的管理有疏失。即使已經洗清嫌疑，但被顧客抱怨包裝紙太髒，實在叫我羞得無地自容。我們送去的商品，如果包裝紙又髒又破，也難怪顧客會聯想成我們店裡有老鼠屎，或摻了滅鼠劑。生意越好，對產品的要求要越嚴格才是。在我看來，你們太不了解商譽的重要了。你們只是背負管理疏失的責任，可是我的責任更大。我必須維護浪花屋的商譽，不容有任何損傷。」

吾平這樣訓誡大家，在拘留所待了四天，疲憊不已的身體好不容易終於可以平躺下來時，卻連打了噴嚏，他抱怨：

「都是你們這些笨蛋惹禍，害我感冒。」

結果，吾平休息不到三天，又馬上趕去名古屋。

他很快就找到名古屋車站前的那間鐘錶店。

「這次造成貴府的困擾，實在過意不去。警方已爲我們洗清嫌疑，讓我們稍感放心，但是這次多虧您的指教，讓我們知道商品的包裝紙出了問題，這對我們來說，是莫大的收穫。俗話說，包裝紙就是商品的外衣，而我們的包裝紙卻又髒又皺，實在讓您見笑了。」

吾平送上用嶄新平整的包裝紙包裝的昆布，低頭致意。

「我們沒加以查證就告上警局，造成貴店的困擾，理應向您賠罪才是，您卻專程跑來探望……」

鐘錶店老闆漲紅了臉面露惶恐，而那名惹禍的十七、八歲女傭則是一副快哭出來似地向吾平賠罪。

回到大阪的吾平，在吃過連番的苦頭，痛定思痛之後，決定把工作責任做嚴格的劃分。立賣堀的店交由大少爺辰平全權處理，百貨公司的業務接洽則交給剛從商科大學畢業的二兒子孝平。吾平偶爾會到百貨公司露露臉，得意地吹噓：

「這孩子跟我不一樣，他可是正規學校畢業的呢。」

孝平每回聽到父親這樣炫耀便尷尬不已。

家裡的所有事情，則由能幹的千代掌管。女傭站在洗水槽前揀菜，不時偷看著老闆娘，哪怕一片菜葉也不敢浪費。千代一有空，便到店裡撥撥算盤，連生意上的事情也要指揮，使得學徒們在背後抱怨老闆娘比大少爺還嚴苛。與吾平相反，千代對子女的教育非常注重。三兒子忠平就讀商科五專，獨生女年子剛進入女子高中就讀，每逢學期考試，千代便半夜起來做壽司或紅豆麻糬讓他們當消夜，還神情激昂地說：

「你們多吃一點，好補充體力，給我考個第一名，來回報我呀。」

可是考試一結束，她便不記得似的，要孝平學習哥哥辰平，到店裡幫忙。對年子則是再三叮囑：

「一個女人家若不能統籌二十來人的伙食，就無法當個稱職的老闆娘。」

因此，不時叫年子到廚房學習，還讓她學習茶道、插花、謠歌、三弦琴、舞蹈，學盡做為一個千金小姐所必須學的才藝，並以女兒擁有各項證書而沾沾自喜。

## 14

諾門坎事件（譯注）爆發後，中日戰爭日益擴大的昭和十四年冬天，吾平的長子辰平應召入伍。

「這是我們家第一次有人出征，所以要辦得盛大一點。」

在左鄰右舍的同意下，吾平把浪花屋分號們送來的旗幟沿街插立，足足有一百公尺長。此外，店裡的門前還特地擺了偌大的關東煮鍋和十八公升的酒桶招待前來歡送的賓客。不但嫁到別人家的女傭撥空回來，連掌櫃和夥計的妻子也束起袖帶來幫忙。

吾平無所事事地走進廚房，胡亂地指揮女傭做事，惹來千代的責斥：

「你一個大男人跑來廚房指揮女傭做事，成何體統，趕快去店裡招呼客人吧。」

儘管如此，吾平仍靜不下來，時而在店前兜轉時而走進廚房探看。店前的那只關東煮鍋冒著騰騰的熱氣，把酒暢飲的歡送賓客個個喝得漲紅了臉。辰平跟吾平很像，十分有禮且身段柔軟，逐一向每個前來歡送他的賓客寒暄致意。吾平看到辰平這般招呼客人，瞇著眼睛高興地說：

「嗯，你不愧是我兒子，就算穿上軍服，仍像個幹練的大阪商人，應對進退拿捏得很好。」

不過，當町內會的幹部到齊後，出征致詞即將開始時，吾平急忙把辰平叫到裡屋，板著臉說：

「唉，我倒忘了跟你說，從今天起，你就是出征的士兵，待會兒要抬頭挺胸，展現男子氣

---

譯注：一九三九年五月在中國東北和蒙古邊境的諾門坎地區發生日蘇兩軍武裝衝突的事件。

概說幾句話呀。」

町內會的幹部們冗長的致詞結束後，辰平馬上被請上講台。吾平依照妻子的吩咐，在台下彎著瘦小的身軀。

「今天非常感謝眾多親友鄰居來爲我送行，只會做昆布的我，明天起就要扛著槍前往戰場，出生入死加入戰鬥的行列。在此，期盼身在後方的各位奮發有成。最後我有個不情之請，今後也請各位不要忘記對人稱昆布痴的浪花屋的八田吾平多多關照！」

辰平的致詞簡單扼要，但態度眞切。就在吾平瞪著辰平彷彿示意「笨蛋！說這些幹嘛呢，我的事你不要擔心啦！」的時候，擔任司儀的鄰居大叔說：

「接下來，我們請辰平的父親八田吾平先生爲大家講幾句話。」

吾平的臉因把酒暢飲而漲紅泛光，他緊張得像個小學生代表似的，動作緩慢僵硬地上了台。可是，他不知道該說些什麼才好。他整個人僵在那裡突然地說：

「我沒念過什麼書，不知該說些什麼。今天，非常感謝各位……」

他從頭至尾愧疚似地搓著雙手，呆呆地笑著，向在場來賓猛點頭。

賓客們頓時哄然大笑，但他們非常理解吾平特有的致詞和心情。

接著，昭和十五年十月，二兒子孝平也應召入伍。

「這次是我們家第二個男丁上戰場，可說是鴻圖大展，我要隆重地慶祝。」

爲了招待這次的歡送賓客，吾平特地叫了新町的藝伎來助興。除了備有關東煮之外，還把南邊鬧區的「鳥芳」燒烤店的老闆找來，在店前架棚設攤燒烤雞肉串。賓客和穿戴華麗的藝伎在店前忙碌地穿梭。吾平不停地喃喃自語：

「可喜可賀啊！可喜可賀啊！」

接著，在町內的小學舉行全體歡送會，一路上個個盡情地搖旗吶喊，吾平始終率先走在隊伍前頭，顯得洋洋得意，走起路來虎虎生風。孝平看到吾平的身影，不由得暗自擔心：

「嚴苛的經濟管制時代即將來臨，不知道當時身上只帶幾文錢到大阪當學徒、沒念過什麼書、個性單純頑固已快六十歲的父親能否安然度過……」

孝平擔心的事，出乎意料地提早來臨了。

孝平出征那年的年底，政府發佈戰爭時期的經濟新政策，突然間生意越來越難做了。

不久，昆布成了管制品。這個消息不僅刊登在報上，政府公報上也有詳細報導。吾平叫讀女校的年子重複讀了那些條文，但始終無法理解那些艱深難懂的條文。這時，他腦海中突然浮現平日頗有交誼的阪急百貨公司食品課長倉本那知識廣博的臉來。

「年子，我想起來了，倉本先生很有學問，我去請教他。」

吾平說完，便走了出去。他一到阪急百貨，便看到許多同業聚集在倉本課長的跟前。

「天底下哪有這種怪事？我們居然不能自由賣買做生意，這規定未免太離譜了。照這麼說來，豈不是連自己的老婆都可以不聽老公的話了，太誇張了！」

「打從我當學徒到自己開店，做了三十年生意，還是頭一遭碰到這種怪事，這種規定簡直令人一頭霧水。」

「沒辦法做生意，我們靠什麼過活呀！這樣下去，很快就會吃光老本。」

此刻，整個食品課的辦公室裡，猶如北濱街證券行裡傳出股票暴跌引起騷動一樣。這對二、三十年來遵守傳統交易模式的同業而言，突然面臨如此巨變，個個茫然不知所措。連倉本課長也在苦思對策，只要管制品控制得越緊，百貨裡賣場的商品就會跟著減少。

昆布列爲管制品之後，商人便不得任意到產地批購，而改成以當地人口消費量做爲配額依據。這麼做是有原因的。在此之前，產於北海道和庫頁島的昆布，直接略過東京和名古屋，使得昆布業在大阪得以興盛起來，主要是因爲大阪人特別偏愛昆布，以及業者擅於昆布加工的緣故。按照規定，亦即一律依人口比例配給，在沒有習慣食用昆布的地方，有時會有多出的配額。

於是業者不斷向政府部門陳情和交涉，但最後大阪地區每年只能分得總消費量一百二十萬貫的兩萬貫配額。兩萬貫的昆布，不過是吾平店裡每年的進貨量。這個配額使得大阪一百多家昆布業者面臨嚴峻的困境，大家要不是轉行，就是只做加工或店頭銷售，因爲他們仰賴過活的就只有這兩萬貫昆布而已。此時不容許昆布店獨攬加工或銷售，因此店家得盡可能把市場區隔開來，將微薄的利潤做公平有效的分配。

吾平正為著做加工或販售而猶豫不決。他雖然三餐如常，但連日來突然沒有食欲，結果消瘦得臥床不起了。他認為，在工廠裡加工昆布當然賺得多，可是少了船場老字號的捧場，根本賺不了錢。

「本家的老爺臨終之前把我叫到跟前，他說：吾平，你要特別守住浪花屋的商號啊！我可是進軍百貨公司的老字號昆布店，曾在船場當過學徒，而且是個嚴守船場傳統行規的商人。我絕對要守住這個商號。」

吾平做出這樣的決定，然後從床上坐了起來，兩手交疊放在膝上，大顆的淚珠陡然滴落在他那滿是皺紋的手背上。

最後，吾平結束十三大橋旁的加工廠，將工廠賣給軍用公司。在出讓工廠的那天清晨，他和掌櫃定助坐著卡車去工廠。

這時，走出一名直到昨天還只是個脖子粗短、滿身油污的四十幾歲工人。他穿著高領的像希特勒的國民服（譯注），頭戴高級厚實的戰鬥帽。

---

譯注：戰爭期間，為了便於逃難、勞動所設計的一種服裝，樣式像軍服。

「您是浪花屋昆布店的老闆嗎？我是今後將使用這間工廠的中井鐵工廠的中井大造。今天，辛苦您了。」

「不，我還沒有要把它交給你呢。請你先到一旁。」

吾平沒理會對方。中井面露不悅，但最後仍故做斯文討好地說：

「沒問題。換成是我要賣工廠的話，只要說是浪花屋昆布加工廠，應該沒有人不知道，至少可省去說明怎麼走的麻煩，而且也比較有威望呢。」

對於男子的恭維，吾平始終沒有笑容。眼下，吾平根本沒有那種心情。這間加工廠是他當初像乞丐般到處向銀行貸款，甚至被本家的女傭冷眼輕蔑，最後用商人的生命商號做抵押所興建的。他一想到這是他從當學徒起奮鬥了四十五年，胼手胝足闖出來的畢生心血，就要交給這廉價購得的男子手中，總覺得是奇恥大辱。他走出辦公室，往工廠裡面走去。工廠停工已近半年，放眼望去，一片空盪盪，連一束昆布的影子也沒有。以前每年加工兩萬貫昆布的作業場地，現在卻蒙上一層灰。而固定在石灰地板上的五台昆布刨削機、一台昆布茶粉末機、四台鹽味昆布裁切機，以及十三個鹽味昆布大滷鍋，都已經拆除了。昆布泡漬槽裡有殘留的砂糖塊。明天起，這裡就要擺上焊接機和車床，發出馬達的轟鳴。他靜靜地蹲下來，摸著移到旁邊的加工機器，還往昆布泡漬槽觸摸。他出神地撫摸著、翻動著，彷彿那充滿醋酸的昆布味道撲鼻而來。睹物思情，他不禁又掉下眼淚。

「定助，我已經不行了。」

「咦……」

「我好心痛啊，好心痛啊！」

吾平毫不掩飾地道出自己的心聲，直握著自當學徒起就跟在他身邊已有三十二年的掌櫃定助的手，悲傷地哭了。接著，他又到長久以來庇佑他生意興隆的蛇靈祠堂參拜。不過，這個安置在工廠內東南方的祠堂，已佈滿厚厚的灰塵，連供品也沒有。他回想起當時生意鼎盛之時，不但舉行盛大的祭拜，還承蒙神靈降旨，修繕祠堂，不禁感到時光的飛逝。

他再次回到辦公室。帳簿和資料不知什麼時候已被粗繩綁成一捆堆在辦公室角落。

「您都查看完了嗎？如果需要我代勞的話，請告訴我，我會用公司的貨車幫您運送。」

中井說完，繼而又對吾平他們說，已是中午時分，要不要喝杯酒，但他那虛僞的態度令人厭惡。

「我沒有什麼特別的要求，只希望您妥善珍惜使用這間工廠，因爲這個工廠不像你是用趕上軍需熱潮賺得的暴利輕易買來的，而是我流血揮汗辛苦興建的。」

吾平僅只這樣懇託，然後請定助和司機幫忙，把卸下的機器和鍋子、帳簿資料等搬到貨車上。

吾平感嘆畢生心血就這麼沒了，心情頓時大受打擊，連中井慇勤的招呼，也沒能正常回應。貨車一來到十三大橋旁，吾平突然對司機說：

「對不起，請停一下。」

然後，從前座的車窗探出細瘦的脖頸，再次往工廠的方向凝視，彷彿跟人說話似的，說了一句：

「我走了。」

從這天開始，吾平頓時老了許多，酒也比以前喝得兇了。

昆布的配給越來越少，每個月只有兩、三次，因此得請民眾像買香菸那樣排隊等候。昆布是大阪人早飯不可欠缺的配菜，因此每逢配給的日子，幾乎沒有人會放棄，即使是嚴寒的冬天，大清早便有民眾大排長龍。不過，對吾平來說，一到配給日的前天，便焦慮不安。因爲昆布的品質比以前差，不但乾巴巴皺褶又多，還纏繞在一起。吾平看不過去，每次都細心把它拆開，浸些黑醋泡軟，盡量加工得美味些。

吾平店裡的年輕男子陸陸續續被徵召入伍，連年近五十的掌櫃定助也被徵去泉佐野的軍用工廠工作。年輕的女店員每次把吾平精心加工後的昆布遞給民眾時，總是故意大聲抱怨：

「反正配給的東西賣的價錢都一樣，幹嘛還要多費功夫呢？」

這名女店員與女傭處得不好，而且時常自作聰明。雖說目前極缺男性幫手，但也用不著雇用這種女店員啊！吾平越想越生氣，當面斥責：

「妳不要亂發牢騷！同樣是配給的昆布，我們立賣堀浪花屋賣的昆布就是與眾不同。我這樣費心加工，無非是希望顧客買到美味的昆布。妳難道不知道『玉碎仍為玉』嗎？簡單說，即使我們賣的是配給的昆布，也比其他店家的好上幾倍。」

配給日當天，早上八點才開始販售，但吾平清晨四點就起床。他首先把每十兩一袋的白板昆布分開，把每五兩的熬味昆布用繩子綁成一串。他每次想到清晨六點半起顧客即在寒冷的街上排隊，自己豈能還待在溫暖的被窩裡。在第一個顧客上門之前，他早已把店前灑掃乾淨。一看到有十個人排隊等候，他便焦慮地猛看房間的掛鐘。儘管他希望早一點把昆布交到早來的顧客手中，但是寫在板子上的開店時間，說什麼也不能隨便更動。若是看到大排長龍，他更是閒不住，依舊穿著卡其色褲子和厚司布服，像自己的疏失似的，穿梭在顧客之間，頻頻點頭致意：

「謝謝惠顧！不好意思，讓您們久等了。」

對十五歲起即深悟顧客之言猶如天皇陛下聖言的吾平來說，把粗劣的商品賣給顧客，簡直是極盡丟臉和違背良心。

配給銷售結束後，寬敞的店裡旋即變得空盪冷清。三年前，堆積如山的昆布塞滿整個角落，如今卻少得可憐。吾平站在空盪盪的陰暗冷清的店裡，心情格外暗淡。

吾平的長子辰平在出征後第四年的昭和十七年五月，在中國北方戰死了。區公所透過町內會的會長，告知辰平戰死的消息。德永町會長穿著第一種軍種的國民服，神情凝重，捧著町內會致贈的供品，專程前來弔喪。

「令公子辰平光榮戰死，大家都很佩服他勤奮的精神。」

「謝謝您的稱讚。」

吾平說完，便一言不發。德永町的會長起身回去後，吾平把算盤放在膝上，兀自嘟囔：

「我讓你讀到三專畢業，還教你做生意的訣竅，在你身上花了最多心力，你卻最早被死神帶走。」

吾平沒有淌下一滴眼淚。

一個報社的中年記者來採訪光榮戰死者的父親感言時，吾平說了上述的話，讓那名記者困惑不已。隔天報紙上刊出一張非常醒目的、吾平端坐在辰平的黑框遺照前的照片，只是吾平沒說過的話，記者卻這麼寫：

「……我兒子從小就非常孝順，有強烈的愛國心。出征期間，每個月必定寫信回家說他隨時願意爲國犧牲。這是他的志願，我感到無比光榮！」

「簡直是胡來嘛！我才不會說那些無聊的夢話呢！我只說，辰平是個了不起的商人，是個很稱職的士兵而已。」

說完，吾平氣憤地把報紙揉成一團，用力地往糞坑丟去。

後來，吾平轉念一想，在離店五、六間遠的橫堀川旁蓋了一間地藏廟。不知道他從哪裡弄來一塊上等的花崗石，地藏菩薩雕刻得十分傳神，閉眼含笑，神情慈祥。他把難得買到的糕餅，分送給附近的小孩和祭拜辰平。當他落寞地坐在只有配給品進出的店前，身影顯得份外瘦小。

三兒子忠平也於昭和十八年初應召入伍。他們一家有三個男丁出征，甚至有人光榮戰死，因而家裡貼有「忠勇之家」的牌子。此外，町內會還任命吾平為「後方勞動組長」。他初次穿上西裝制服，突然對町內會的公務活動跑得更賣力了。

四處參加出征歡送會的吾平，猛背著女兒年子從「後方演講寶典」抄下來的賀詞，怪腔怪調卻洋洋得意地背了一次。一有忘詞時，便回頭問年子：

「慢著，接下來是什麼呀？」

每次都讓跟在旁邊的年子羞赧得面紅耳赤。

也許是吾平的熱心公益受到肯定，不久便晉升為全天穿著民防團制服的幹部。

每次傳來空襲警報，他便一馬當先衝到附近紙類批發商的高台上，在黑暗中怒吼：

「空襲警報！空襲警報！敵機來襲！丸紅家，你們家燈光太亮啦！」

不過，這也惹來附近鄰居的抱怨。

隨著戰況越加激烈，即使是大阪也隨時都可能遭到空襲，對生於斯長於斯，甚至從未到過京都、奈良、神戶，也不想知道外界情況的頑固的船場居民來說，根本沒有疏散的打算。於是有船場的商家老闆娘說：

「唉，店家的老闆娘哪可能搬離這裡。這裡是祖先留下來的土地，祖先絕對會保佑我們的。」

說完，依舊堅持留下來，有時還到佐野屋橋對面的文樂座品嘗美食、觀賞淨瑠璃。儘管如此，偵察機從和歌山的潮之岬穿過御前崎的夜晚，仍令人膽顫心驚，她們仍逃進橫町空地上臨時挖掘的防空洞，在裡面認眞思考挖掘這個防空洞共花了多少錢？是否安全無虞？

某個下雪的夜裡，爬上瞭望台的吾平不愼踩空扭傷了腰。那天是昭和二十年二月上旬的雪冷寒凍的晚上。氣溫實在太低，連町內的民防團團員聽到空襲警報也磨磨蹭蹭的沒有馬上起身。不過，吾平每逢這種時刻，總認爲身爲幹部應該身先士卒，飛快地裝束完畢，戴上鋼盔就衝到外面。傍晚時下的大雪，把大阪的街道裝點成銀白世界。皎潔的月光映照在皚皚白雪上，照得萬家屋宅像剪影般美麗。

吾平抬頭望向天際，飛機的點點身影正從遠方飛來，於是趕緊朝橫町的瞭望台跑去。他奮力爬到一半，正要跨上去時，一時踩了空，他反射性地要抓住扶手，卻因手指凍麻了，以致於沒抓穩，身體打斜，當下撞到了腰椎骨。敵機群只是從潮之岬方向做例行偵察而已。

「你就是這樣毛毛躁躁，才會撞得一身傷。」

千代不禁一反平常數落吾平，但也請了接骨師到家裡，吾平被摸到痛處，大聲斥罵，痛得呻吟連連：

「好痛，好痛啊！你這人也真是亂來，拿了錢還把人家搓得筋骨疼痛。」

民防團認為吾平是光榮負傷，特別贈予感謝狀慰問。中尉退役的民防團團長，用紫色縐綢的布巾包著感謝狀，到吾平家裡探視。吾平支起敷著膏藥的腰部，從床上坐起來。

「不好意思，還勞您專程跑來慰問。」

儘管吾平被腰痛折磨得眉頭深鎖，仍恭敬地向民防團團長鞠躬致謝，然後轉過頭去，喜孜孜地對千代說：

「妳看到沒？就是因為這項榮譽，讓我想辭都辭不掉呢。這是我打從明治三十六年國內博覽會的時候，我們特製的昆布貢品得到天皇獎，跟已經往生的老爺前往領獎之後，第二次領到獎狀呢。」

後來，吾平對民防團的事務更加投入。

從那之後過了一個半月的三月十四日夜晚，吾平也是最早爬上瞭望台的。

「敵機來襲！敵機來襲！」

他大聲喊叫的同時，築港方向的天空已染成一片火紅。那如鬼火般的火焰，從黑暗的天際微燃飄降而下，在地上燃燒。夜空佈滿了火海，但是他一點也不害怕。因爲築港離立賣堀尚有一里之遙，不會立即延燒過來。

「沒問題啦，不可能延燒到這裡。」吾平站在瞭望台上，兩手架著望遠鏡，口中不停重複這句話。

然而，第二梯隊的機群終於來轟炸了。火舌的確越來越近，但只燒到大正地區的工廠附近。不過，隨著大雨般的燃燒彈凌空投下，收音機的廣播也停止了。市民看到通天的熊熊火焰照亮整個市街，霍然惴惴不安了起來。

築港方向已經燃燒了一個小時，火勢依然沒有減弱。吾平心想下次會不會輪到立賣堀被轟炸，不由得膽顫心驚起來。結果，第三梯隊的機群果眞以船場爲目標瘋狂地轟炸。一股強勁的熱風朝站在瞭望台的吾平臉上橫掃而來。不僅如此，隔著狹小的橫堀川對面的町內，已經竄起熊熊的大火。吾平嚇得兩腳像懸空似的，慌手慌腳沿著扶手往下滑時，立賣堀町內一隅已經起火燃燒。沒有攜帶任何東西即奪門而出、頭髮散亂、來不及扣上胸襟鈕扣的居民，從西邊逃了過來。有些人推著堆滿家當的兩輪推車，往沸沸騰騰的人潮衝擠而去。才堆上去的棉被就被飛來的火星燃著冒出青煙。所有人都往寬廣的市中心御堂街的方向逃去。吾平的昆布店離御堂街只有三百餘公尺，那邊已擠滿逃難的人。他激動地擠過人群，往自家的店疾奔而去。

千代和年子戴著防空頭巾，揹著背包，在店裡哭喊：

「爸爸，你快來啦！」

外面傳來門板倒塌的聲音，後院吹來焦臭的熱風。

「店招，我去搶救我們的店招，妳們先到御堂街去！」

「不要啦，太危險了！」

吾平見千代欲來阻止，使勁地把她推到外面，接著更將她們母女趕向逃往御堂街的人潮裡。他把掛在店門口的店招卸下來，一股長年吸附在店招裡的昆布味隨之撲鼻而來。那塊已經洗得有些褪色的棉布店招摸起來格外令人親切。不過，眼看後方倉庫也燒了起來，他急得如烈火焚身，趕緊捲起店招衝到外面時，巨大的火焰已從兩邊的房屋竄燒而來。這時，他與潮水般湧來的逃難人群相反，朝橫堀川跑去，來到橋旁便直接跳進水裡。因爲他想親眼看著自己的店被無情大火燒塌的最後一幕。

跳進水中的吾平緊抱著河邊木材批發商的木筏，隨後逃出的紙品批發商老闆娘和掌櫃也衝了出來，朝吾平的身旁游去。火舌被旋風漫天捲起，火星濺入河裡。濃濃的黑煙不斷竄起，熊熊火焰將整個水面映得通紅，也把河水燒得異奇溫熱。吾平把整個身子浸到下巴處，凝視著自己的店。

忽然間，他的瞳孔受到刺激似的，一股灼熱的焚風迎面撲來。灼熱的旋風捲起的同時，烈焰迅速地將浪花屋的外牆包圍，只見裸露的梁柱在火焰中露出焦黑殘破的景象，每次強風煽起，火便竄燃得更旺。當最後一條火舌燃起時，僅一、兩分鐘的時間，那棟三十八年屋齡的浪花屋就像紙片般被大火吞沒了。

看到這一幕的吾平，不禁放聲大哭，整個上身趴在木筏上。不知道過了多久，他察覺到下半身浸在水中，爬上木筏時，已是黎明時分，天空依舊被濃煙遮蔽得不見陽光，遠處似乎尚未脫離大火的肆虐。

吾平臉上全是泥水，眼睛佈滿血絲，目光呆滯茫然。他使盡力氣地拖著沉重的步伐，踉踉蹌蹌來到浪花屋前。

他勉強撐住身體站在廢墟前，輕輕嘆了一口氣，整個人跌坐下來。

「浪花屋全燒光了……」

他心中猛地掠過一股難以名狀的憤怒。那股憤怒之火在心底悶燒，他極力壓抑著不哭出聲地嗚咽起來。災區裡升騰的白煙隨著風慢慢吹散了。在大阪的船場，只有島之內的部分商家得以倖存。

## 15

被戰火燒成廢墟的船場，經過半年依然不見昔日商家掛起店招。

放眼望去，依舊是乾裂的土地對著空渺虛幻的藍天。這裡曾經是「寸土寸金」的地段，如今只剩燒毀的厚土圍砌的倉庫，在日曬雨淋下，裸露出髒污的白牆。傾倒散置地上的庭園石頭和石燈籠，半埋在土砂裡，大阪批發業重鎮的船場，淨是一片廢墟焦土。

只有心齋橋街附近，突然恢復了生機。不過，仍不見原有的老字號商家重新開業，反而充塞著退伍軍人和粗野的鄉下人，像叫賣香蕉似地販售沒有商標的廉價劣質品。總而之言，那些叫賣生意的像流氓般毒辣，不知從哪裡冒出那麼多東西，舉凡白米、肥皂、棉布、膠底布襪、香菸以及毛毯等，都像潮水般湧入市場。他們在路邊鋪上粗糙的木板門或髒污的帆布便做起生意。最熱鬧的難波車站前一角，早已被外國人佔著賣咖哩飯、肉包和麻糬紅豆湯，賣的全是些戰火過後幾乎沒吃過的東西。他們操著怪腔怪調的日語，大聲吆喝：

「來，好吃的肉包，營養美味，兩個只賣十圓！」

不過，大家只是看著熱氣蒸騰的肉包走過去而已。不僅肉包，其他東西，也是只看不買。因爲白米一升一百二十圓、馬鈴薯一貫六十六圓、棉布一碼三十圓、膠底布襪一雙一百三十五圓，貴得讓人買不下手。雖然白米一升五十錢、馬鈴薯每貫五十七錢是公定價格，但是做生意的若不同樣做點黑市買賣的話，根本追不上物價。對一家五口住在一坪半左右的木板房裡、公司尚未恢復正常營運的人而言，他們只好終日漫無目的地在物資和喧囂中兜轉。頭戴戰鬥帽穿著髒兮兮的國民服的男子，肩上揹著帆布背包，腳下是破舊的鞋，有氣無力地走著；揹著孩子身穿褲裙趿著木屐的婦女，手上提著髒污的購物籃，一副想買東西的樣子。在曾經以紅燈區繁榮起來的道頓堀周邊，到處可見許多營養不良面如土色的流浪漢，像芋蟲般癱躺在草蓆上。在尚未遭到戰火吞噬之前，經常停泊在這裡充滿古味專賣牡蠣的屋簷形船篷的「紫藤號」遊船，此刻已經不見蹤影；連戎橋北端的「丸萬」食堂，以及心齋橋首屈一指的老字號「小大丸」和服店已不復存。

順慶町的浪花屋本家，也被戰火燒成一片廢墟。自從一手提攜吾平的老爺去世之後，吾平與本家越來越疏遠。昭和九年關西發生嚴重的水災，使得吾平貸款興建在安治川旁的加工廠泡水損失慘重，後來為了重建工廠到本家懇求紓困，被第六代浪花屋的少爺當面羞辱：

「你這是在恐嚇嗎？我說不借就是不借。明白告訴你吧，像你這種落魄鬼，以後不准再踏進浪花屋本家一步！」

從那之後，吾平再也沒有踏進本家一步。

儘管如此，每逢二月十一日老爺的忌日，他必定到下寺町的墳前上香。本家被燒成廢墟之後，他也不以為意地偶爾到本家前探視。他靜靜地閉上眼睛，回想以前買賣做生意的情景。每次回想起老爺那篤實勤奮的身影，便不禁想大聲吶喊：

「老爺，我好想念您啊！」

根據浪花屋其他分號的說法，第六代的老爺很早即疏散到大阪郊外的千里山，船場遭到空襲的那一夜，他不在店裡。本家的老掌櫃和女傭好不容易才逃了出來，而傳承了六代的浪花屋本家的老店招在大火中燒毀了。之後，老爺曾經一度返回本家的舊址處理善後，之後便隱居千里山，像以前那樣專注在瑠璃的探研。此外，他靠著隨身帶走的骨董，以及賣掉高價飆漲的土地，生活應該不成問題。還說，等社會恢復穩定之後，他這個少爺出身的人也做得下去時，再重新出發經商。

如今，那些與本家鄰近的深屋長簷、約有十公尺寬店面的老字號都消失無蹤了。連每逢慶典節日時，掛起印有店徽的布幔，人手拿著提燈，本家所有親友團聚迎接氏族神鑾轎的盛況也不復見了。船場的老字號非常講究信譽和商業道德，他們絕不會做出敗德的勾當。因此，在吾平看來，那些沒有以店家商譽自持的交易方式，無疑是旁門左道。姑且不說那些不掛起店招做生意或供貨的管道如何，光是那樣他就覺得是黑市交易。一開始便在這樣的環境和精神中孕育的船場商人，在戰火中失去店鋪、失去辛苦賺得的財產之後，如同四肢被縛，動彈不得。他們彷彿明治維新落魄潦倒的武士家族一樣，許多老字號的商家，就算吃垮祖先遺留下來的土地，也要嚴守「商號」與商人的傳統。

吾平帶著千代和年子，從大阪難波車站步行了一個多小時，才走到掌櫃定助位於泉佐野的家。戰爭結束之前，定助被徵去泉佐野的軍用工廠，他得知船場遭到空襲，便衝到大火燃燒的船場搜尋了兩天兩夜，好不容易才在小學的禮堂裡找到吾平一家人。

「老爺，您一路辛苦了……」

定助看到吾平平安逃出，喜極而泣，激動得抱在手中的飯桶掉了下來。

「我找您找得好辛苦啊，您終於來了……」

吾平接過定助遞來的飯桶，一時說不出話來。千代和年子只揹著一個背包，情狀落魄地坐在救護用的毛毯上，對前員工接濟飯食感到有點抬不起頭來。吾平當下決定：我不是天生的店家老爺，而是當過學徒拉過大板車的老闆，我必須重新振作起來。

「定助，謝謝您的接濟。」

三天來，吾平吃著定助家的白米飯，總覺得無比的拘束不自在。不過，翌日起，在定助善解人意的勸慰下，他們一家人終於在泉佐野住了下來。

結果，二兒子孝平和三兒子忠平終究沒有歸來。報紙上每天報導軍人從南方戰地退伍的消息，滿街全是揹著大行李的退伍軍人的身影，卻沒有他們兄弟倆的音訊。據了解，孝平最後人在菲律賓，忠平有很長一段時間在朝鮮，後來便音訊杳然。吾平的妻子千代久等不到兒子回來，像得病發作似的，連珠炮地自問自答，哭著說：

「那兩個孩子八成已經沒命了？他們已經死了，八成已經死了啦。」

芳齡二十的年子，每次看到母親發作似地哀嘆，便想起昭和十六年被徵召入伍的未婚夫梅園佳之，不由得神情黯淡。每遇到這個時候，吾平便若無其事地起身上廁所，再次把當天揉皺的早報展平。有關軍人自戰區退役的報導，他已經看過許多遍，最後總是抱怨似地嘆息：

「不能再麻煩人家了，孩子，趕快回來吧！」

卸下店招，生活陷入困頓的吾平，又面臨更大的打擊。昭和二十一年二月，舊日圓突然被凍結使用（譯注）。這對住在鄉下的吾平來說，簡直是晴天霹靂。因爲這些存款原是日後做生意的資金，現在卻被銀行凍結。政府規定，每戶戶長每月只能兌換三百圓新幣，家庭成員每人只能兌換一百圓新幣。此外，被戰火波及受災的人每人可領得一千圓新幣，每戶最多可領五千圓新幣。

這項緊急措施把吾平最後的一絲希望給斬斷了，因爲他伺機重振旗鼓的資金卻因此動彈不得。爲此，他感到焦慮又慌亂，因爲他卸下店招，但又不做黑市交易，缺少靈活運用的資金，今後不知該如何是好。這是他從商以來首次遭遇的困境。對無論處於任何困境，都能當成轉機，瀟灑自如地擺脫困境的他來說，這回很可能就要被打垮了。他這樣告訴自己：這時候，最重要的就是信念，只要有定見，無論遇到什麼事，都不會覺得辛苦，也就能忍耐克服。儘管如此，他的心情仍未能平靜。爲此，他不但沒法下田做事，也不知該對平時對他悉心照料的定助說些什麼。有一天，之前在十三大橋旁的加工廠工作的吉本騎著摩托車來訪。

---

譯注：日本政府為了防止惡性通貨膨脹突然發行新日圓，公佈金融緊急措施。

吉本於戰爭結束後便返回日本，總之後來不知透過什麼管道弄來一輛舊摩托車，和外國人合作從岡山縣附近載來大量的白米，在大阪車站前的黑市設攤賣起咖哩飯。他靠這種方式籌到做黑市的資金，接著又兜了一圈，找出舊時軍隊藏匿的大批棉布當成布料開賣。很多人經常看到吉本載著剛從倉庫搬出來散發黴臭的棉布，堆上摩托車得意洋洋地到處兜售的情景。在浪花屋眾分號之中，他是第一個靠此賺錢的暴發戶。吾平聽過一些對吉本的傳言，卻從來沒有見過他。那天，吉本穿著皮夾克，頭髮梳得整潔有致。他來到前老闆的住處，沒鄭重地打招呼，便冒冒失失地走了進去。

「老爺，你不要動不動就抬出老店啦老字號啦的招牌嚇人，那些老頑固的店家不都一個個倒下了嗎？你想不想放手一搏啊？這次，我打算跟老爺聯手到北海道做點生意，依情況看來，待在內地已沒什麼甜頭了。你在北海道海邊的人脈夠廣，所以我想借你的面子，去那裡批購一些昆布啦、鮭魚啦或魷魚回來零賣。這可是以小賺大的好生意耶，一定可以大賺一筆。」

吉本盤腿坐在坐墊上，嘰嘰喳喳說個不停，彷彿與前老闆有幾十年交情似的。吾平始終一言不發，皺紋滿佈的額頭下的那雙細眼動也不動一下。

這時，吾平猛然想起擁有五間倉庫的丸紅塗料批發店老闆的悲慘身影。那間批發店已有兩百年歷史，親戚都在船場，不過，自從遭到空襲店家全毀之後，在大阪南郊外的濱寺買了間房子便幾乎所剩無幾。後來，又把市區的土地賣掉，窮得身無分文，突然精神錯亂，逢人便問：

啊，您要藍色塗料嗎？您要藍色塗料嗎？每天泡在濱寺的海裡。太平堂眼鏡行的老闆也變得落魄，脖子掛著小袋子站在高麗橋的三越百貨前賣獎券。這些悽慘落魄的可憐人紛紛掠過吾平的腦海。不過，他眼前坐的卻是一個唯利是圖、搞七念三而紅光滿面的黑市掮客！

「蠢蛋！好比大阪位居日本中樞一樣，要是大阪商人幹起黑市買賣，日本就找不到有良心的商人了。大阪商人的精神在於，講求商品信用、薄利多銷，一分一毫積累所得。你這個不懂大阪商人精神的賤骨頭、黑市掮客，給我滾！」吾平怒罵完轉身離去，撇下錯愕的吉本。

從那之後，吾平每天帶著便當，搭乘擠滿了的電車到大阪市區。這時候，千代會百般委婉地問：

「老爺，您有事外出嗎……」

然而，吾平總是默默地搖搖頭，走出家門。

吾平從難波往北走，走過宛如已完全喪失大阪的傳統、品格、鄉愁的殖民地般喧鬧的心齋橋街，走累了就坐在立賣堀廢墟上的地藏菩薩石像前休息。

不知是誰幫被戰火波及而有些皸裂的地藏菩薩石像的胸前掛上一條嶄新的紅圍兜，微風吹得圍兜啪啪作響。吾平終日凝視著流經地藏菩薩石像後面的橫堀川。河面上稻稈、蛋殼、枯黃的菜葉等雜物載沉載浮，在河邊搭建的木板鐵皮屋頂已經生出紅鏽。

「吉本那副德性根本不是大阪商人。眞正的大阪商人已經跟船場一起葬身火窟了。」

吾平像中邪似地叨念不停，一行行熱淚沿著因從事農活而粗皺的手背，淌落在乾裂的土地上。

戰火肆虐後的第一年春天，在浪花屋的壘壘瓦礫堆中冒出許多野草，在陽光和微風的吹拂下，顯得青翠而白亮。

# 【第二部】

人要有敢於蟄伏復出的氣魄，那些小格局的人，只會整天到處亂闖，不懂得沉潛。

# 1

孝平揹著一個背包回來了。那個背包是他在拉包爾的俘虜營用帳篷帆布縫製的，裡面只裝了昔日在軍隊中所穿用的汗衫、綁腿、破手帕、水壺、飯盒而已，這就是三十歲的他退伍時僅有的東西。他從博多車站坐上十五節車廂的無頂火車，花了一天一夜，好不容易才抵達大阪車站。

從大阪車站大門口望去，觸目所及全是被戰火燒焦的痕跡。矗立在車站廣場前的消防隊的高聳瞭望台和被大火燻黑的報社大樓，在盛夏的陽光下份外引人注目。各線電車是否正常發車，始終令人摸不著頭緒，但終究沒看到電車的身影。路面電車的軌道上淨是紙屑和灰塵，軌道中間的石板也殘破不堪。孝平跨過電車軌道，往車站前的廣場走去。只有廣場偏東的角落，顯得格外喧囂熱鬧。那裡搭建了許多木板房和路邊攤，摩肩接踵的人群擠成一團。這跟孝平從博多車站到大阪車站途中所看到的外縣市車站前的黑市沒什麼兩樣。揹著有些髒污的背包的他，走過擁擠的人群，穿過車站前的黑市，來到梅田新道的十字路口，戰火過後的大片廢墟又映入眼簾。看來路面電車已經停駛，他不再空等下去，而是朝自家方向一直往南走去。

來到信濃橋，只見陽光下水流混濁的橫堀川波光粼粼。孝平停下急促的腳步，拿出昨天在岡山車站灌裝的水壺，仰頭一飲而盡。他滿臉汗珠，全身更是汗水淋漓，在令人作嘔的汗臭中，越發感到悶熱和焦躁。這附近被戰火燒毀的大樓比較少見，但多的是廢墟上零亂的瓦礫。以前因爲生意往來而極爲繁華的船場，如今卻像空城冷清。孝平的軍鞋踩在多砂的地面上，聲音特別響亮。再走個兩、三百公尺即可到達立賣堀。看到這番景象，他心裡早有家已毀於戰火的心理準備，不過還是急著想親眼確認。

正如孝平所料，家果眞被燒得精光。連他僅抱一絲希望的倉庫，也不復存在了。夏天的野草特別茂盛，被燒塌的土牆倉房，成了紅褐色的壘壘土塊。雜草間可見裸露的瓦斯鐵管，碗盤碎片散落一地，熬滷鹽味昆布的大滷鍋，已經受潮生鏽傾倒。看來自遭受戰火肆虐後，一年多來就這樣任由日曬雨淋。在這片發墟中，只立了一根寫著父親吾平移居新址的木牌。

孝平佇立在原地嗚咽，哭得汗濕的背包晃動不已。這棟房子是他六年前離家之前興蓋好的，如今卻在他不知道的情況下，化爲陣陣青煙。當他長途跋涉找到這最後的依靠之地，卻發現什麼都沒有了。他不知所措地在院子裡偌大的石頭上坐下來，等到不再激動地嗚咽後，心頭又蒙上了對未來的恐懼。然而，他是從茲爾布到拉包爾敗逃幾百里的途中，從紛紛倒在路旁的垂死戰友身上，偷走他們的米袋和鞋子苟活下來的。儘管僥倖活著回來，今後還得想辦法活下去。他心想，總之先找到父親，再做打算。

父母和妹妹年子在南海沿線的泉大津安家落戶。那棟平房不大，有四坪、三坪和兩間一坪半的房間，跟以前的家比起來，顯得寒酸簡陋。

吾平看到孝平回來，猛然緊緊抱住孝平說：

「你怎麼不早點回來？再不回來就不用做生意了！」

吾平說完，便沒再說什麼，看上去身子虛弱了許多。

雖說時代潮流已經改變，但吾平依舊頑固不靈，無法適應有別於過去的盤算和做生意的方式，不但身子消瘦不少，以前的豪氣也盡失。許多人看準吾平具有挑選昆布的專業眼光，因此常來說服他下手大賺一筆，可是那些人的想法與他的理念不符，他二話不說就回絕了，始終沒有踏出泉大津。他靠著不動產和銀行存款，繼續頑固地過著隱居生活。然而，不久，凍結舊日圓，把吾平的財力全給扼住了。

吾平對過著閉塞而安靜的生活感到滿意，卻欠缺做生意所需的新日圓。孝平爲家裡有那麼多存款，父親理應有辦法在凍結舊日圓時把它換成黑市物資，再轉手變成新日圓，但卻這樣錯過而感到可惜。孝平確實覺得自己回來得太遲了，一開始就輸在起步上。可是，他又自覺到必須代替戰死的哥哥辰平重振家業，像明治二十九年時手中握著三十五錢隻身到大阪闖天下的父親那樣，赤手空拳地奮鬥才行。

孝平壓抑著焦慮苦悶的心情，告訴自己要先調養疲憊的身體。他不希望在爲事業努力的過程中，因體力不支倒下。他決定好好休養。就這樣，他從八月底起，經過了九、十、十一月安靜地休養了三個月。他與每天清晨六點起床的父親，到屋後的田裡幫忙種番薯。每次赤腳踩在朝露濡濕的泥土上，他便有回到日本的眞實感受。他們吃的是麥飯配熱炒的南瓜、茄子。當黑市的白米價格每升暴漲到一百五十圓，通貨膨脹弄得社會沸沸揚揚，他們卻沒受到多大影響。吾平不像一般老人那樣發牢騷，也不談賺錢的事，大清早就下田專心種番薯。

「人要有敢於蟄伏復出的氣魄，那些小格局的人，只會整天到處亂闖，不懂得沉潛。你要好好休息才行。」

吾平親自蒸番薯給孝平吃，省吃儉用的母親千代也說：

「今天我們吃得豐盛一點吧。」

說完，把放在行李下面的和服腰帶拿去換白米和新鮮的魚，擺滿了豐盛的一桌菜。由於家裡沒能雇用女傭，便由妹妹年子幫忙母親家事。她把洗乾淨的內衣和襪子遞給孝平，只見孝平像往常那樣逐一塞進背包，於是她笑著說：

「哥哥，沒有人會偷你的東西，你何必全都塞進背包裡呢？」

儘管如此，孝平依舊改不掉這個習慣，哪怕是一包香菸或一張報紙，他都塞進背包裡，隨時放在枕邊。每次年子打掃房間時，孝平便小心翼翼地抱著那只背包，一邊在家中踱步，一邊掛念尚未回來的弟弟忠平。

「他怎麼還不回來呀？不知道他是否平安？」

「小哥的個性比較悠哉。爸爸說，就算孝平哥回來了，但忠平沒回來的話，就是忠孝不兩全，對你未免太不公平了。」年子體恤孝平的焦慮，笑了笑地說道。

年子已經二十一歲，至今仍像小時候那樣純樸開朗。

此時年子突然要結婚了。因爲於戰爭期間即已和她訂婚的梅園化妝品店的長子佳之，與孝平同個時期回來，對方希望盡快完婚。梅園化妝品店座落在大阪南邊的鬧區，是數一數二的化妝品老店，該店用鶯糞調製的有專利的「夢之花」化妝品，廣受大阪女性的喜愛。其商品受到信賴，甚至到了若使用該化妝品而皮膚沒有變白晳的話，就是使用者的方法不對。由此可見梅園化妝品名聲之響亮。年子算不上是美女，但皮膚白晳柔細，梅園家早就對她頗爲中意。婚事提的有些急，可是千代最後還是請人把她之前疏散到鄉下的女兒的嫁妝從丹波寄回來。

當時無論是梅園家還是浪花屋，都尚未完全恢復老字號的營運狀況，因此僅是在親戚間舉行簡單的婚禮而已。吾平在舉行婚禮的住吉神社裡高興得眼角堆滿皺紋，拿出紅包塞進照相館老闆的手中叮囑：

「我們兩家總共有三十人左右，你盡量把每個人的臉都拍到，而且爲了討個好預兆，還得讓每個人臉上都掛著笑容喔。」

拍完結婚紀念照，吾平偕著千代向梅園家的親戚懇切地致意：我家小女年子尚不成材，以後請各位多多指教啊。

孝平始終看著站在年子身旁的梅園佳之那輪廓端正的側臉。佳之與他同時期應召入伍，他在軍中總是汲汲營營地找輕鬆的差事做。他的臉蛋細長、皮膚略顯蒼白、眉毛粗黑、眼睛單眼皮而細長，令人在意的是，他鮮紅的嘴唇像極了女人。

孝平除了參加妹妹的婚禮之外，幾乎足不出戶，足足在家裡休養了三個月。他在家裡只翻看報紙或收聽廣播，盡可能不去多想，安心地靜養。剛開始，午睡時老是夢到在拉包爾的戰俘生活，經常被夢境中自己拿著空罐餓得發慌的陣陣呻吟聲驚醒。幸好，約莫過了半個月，慢慢地夢到昔日家中的情形。他經常夢到自己商科大學畢業後，在父親的指示下與百貨公司採購部門洽談的情景。哥哥辰平出征之前，以小老闆的身分掌管店裡的務業，但經常與跑業務的他意見相左。每次一有爭吵，辰平便說，你雖然是大學畢業，可是論做生意的話，等你可以在店裡打包五十貫昆布，再發表高論吧。被辰平這麼譏刺，在寒冷的冬天裡，孝平有時弄得雙手流血，仍繼續在店裡打包原草昆布。學徒前來喊他吃晚飯，他仍不歇手，又花了五個小時，好不容易打包完，已是晚上十點多，全身汗水淋漓，嘴巴直吐白氣。稍做休息時，父親一來到他面前便說：我知道你綁得很辛苦，但捆綁的方式不對，這種綁法，很快就會鬆開，到時候貨運行也不收。吾年說完，撩起衣服的後襟，拿來粗繩，麻利地把昆布放在單腳上頭，用力束綁。看來孝平這白天裡的夢境，時常混雜著昔日的回憶。

三個月匆匆過了，歷經一年戰俘生活而身心俱疲的孝平，幾乎已完全恢復體力了。他跟個子嬌小的父親不同，身高五尺四寸，肌肉結實，天庭和臉頰飽滿，眼睛炯炯有神，鼻尖微挺。已恢復體力的孝平，首先去了前田吉藏的店裡。吉藏曾在吾平的店裡擔任掌櫃，後來自立門戶，在大阪車站的黑市附近，電車道的角落開了間小店。店門口的貨物架上擺滿了眞昆布和白板昆布，生意似乎非常興盛。吉藏穿著用軍服修改成的夾克，外面套上白色罩衣，正在店門口裝袋。

「吉藏，我回來了！」

吉藏回頭一看，驚愕得說不出話來，接著才快嘴快舌地說：

「咦？少爺您什麼時候回來的？您若提早通知的話，我們還可到泉大津爲您接風洗塵呢！對了，老爺最近還好嗎？」

吉藏堆滿笑容說道，但是談及在缺貨和運輸困難時，他是用什麼方法買到昆布做生意，卻突然語意闌珊，而且含糊其詞：

「我這裡的貨呀都是之前的夥計榮七透過很多管道批進來的。」

榮七在靠近大阪港的港區九條街上搭建一間有點像是倉庫的木板房店鋪。吉藏說，榮七得地利之便，可以很快地把非法船隻載至大阪港的原草昆布弄到手，再批發給吉藏等其他夥伴。

孝平站在榮七的店前，回想起六年前幫父親吾平把昆布送至這裡的味道和奇妙的觸感。他對那黑褐色的昆布有著深深的眷戀。

「不錯嘛，榮七，我也想批點貨回去賣，你這貨賣多少錢？」

孝平開門見山說道，剛才一直和女傭出身的妻子陪笑奉承的榮七說道：

「眞抱歉，堆在那裡的貨都被訂走了，下一班貨船到的時候，我會馬上給少爺送過去。」

孝平陡然沉默下來。眼前這位就是孝平從戰地歸來之後，首次接洽的從浪花屋吾平那裡分店出去的昔日員工之一。赤手空拳準備做生意的孝平，這才體認到社會是如此無情，他根本來不及感到憤怒或難受，只覺得狼狽不堪。

孝平相信榮七所言，不到三天就來催促要批貨，但榮七總推說貨還沒到。過了半個月，孝平又來催促：

「你聽好，我會每天來，明天務必把貨給我。」

「是的，明天保證沒問題啦。」

儘管榮七這樣保證，當天還是搓著雙手說：

「少爺，對不起啊！」

「算了，你根本不想跟我做生意。這倒沒關係，不過我很想知道你爲什麼不賣貨給我，到底是何居心？今天，你務必跟我說個清楚。」

孝平態度非常堅決，非得問個清楚不可。他按捺住滿腔怒火，但這半個月來飽受敷衍的不快全湧了上來。

「不是這樣，您誤會了……」

「什麼誤會？你不是背著我把貨賣給吉藏嗎？你怎麼說？」

孝平也想過，其實不必跟這個曾在自家店裡當夥計的員工計較，但就是壓抑不住心中的憤怒。

「我告訴你，你不是不把貨賣給我，而是顧忌我父親經驗老道，不敢用黑市價格胡亂敲我竹槓。不僅這樣，你們害怕跟以前的老字號做生意，想趁這混亂的局勢掐住我們。不過可沒這麼容易，我可是虎父無犬子。」

孝平很想當下把這些鬱積在心裡的憤怒一吐為快，但最後轉過身去，店前用草蓆覆蓋的原草昆布他看都不看一眼，便疾步離去了。

孝平再次站在毀於戰火的舊家門前。這是他返鄉後第二次來到舊居。晚秋的夕陽餘暉映照著雜草與瓦礫堆。不知不覺秋意越來越濃，冬天的腳步彷彿已近。他始終蹲在廢墟前，直到沁涼的暮色悄悄降臨。

孝平彷彿聽到、看到許多人的腳步聲和表情。他才聽到的喧嚷人聲，馬上又變成悄悄的耳語，接著突然傳來嘲笑聲：立賣堀的浪花屋這回準垮了。然後浮現出許多面露刻薄、侮蔑和揶揄的臉孔，嘲笑聲越來越大。孝平站了起來，猛搖著頭。他做了這樣的決定：我需要資金，需要弄到做生意的新日圓。處在這種混亂的經濟局勢中，實在不知如何是好，但眼下只有先衝進漩渦裡，之後再想辦法了。以前那種「商人門第出身即是招牌」的想法已經行不通了，出身名門老字號或大學畢業，根本派不上用場。如今，只好抱著當學徒的精神從頭開始，至於怎麼做以後再說吧。

從那天起，孝平再次穿上回鄉時所穿的軍服，那是在拉包爾俘虜營有著補丁的上衣和褲子。他把戰鬥帽壓低至眉頭，來到泉大津附近的堺的黑市。他向一名陌生的昆布掮客買了十貫熬味昆布，用帆布包裹揹在背上。十貫的昆布重得就像揹個七、八歲小孩一樣，那包裹著昆布的帆布包大到垂至孝平的後膝。電車一到站，成群的乘客立即衝往車門，猶如成群的螞蟻進入蟻窩似的，你推我擠，直往車門擠去，沒擠上的乘客，急忙往車廂的後面跑去。孝平也在人群中擠上電車，從堺搭到神戶的三宮黑市，兜售剛才買來的昆布。

三宮黑市是個國際性的黑市市場，聚集來自全日本的日、中、韓三國的黑市商人。他們掌控了神戶港的貨物，國產品自不待言，只要到這黑市來，任何外國貨都買得到。從三宮車站至元町車站的天橋下，聚集許多路邊攤的黑市小販。小販高聲誇讚自家的東西，以及掮客拚命砍價的喧嚷聲隨處可聞。從塵土飛揚和擁擠的人潮中依然可以看見貨品，而從貨品那邊也能看到人群的流動。不管是日本人、中國人還是韓國人都無所謂，他們彼此都在尋找高價購買自己的貨品，或願意低價賣出貨品的對象。孝平看見天橋下最西邊有個賣昆布的攤販，準備把背上的昆布賣給他。對方是個把昆布專門賣給來自農村帶著白米前來搜購可長期存放的昆布回鄉販賣的鄉下掮客爲主的黑市商人。他體格壯碩，脖子上纏著兩圈毛線圍巾，身穿夾克，外面又套上軍用大衣，看上去五十四、五歲左右。

「大叔，高級的昆布喔，要不要光顧？」

「噢，你這個新來的，居然敢這樣跟我兜售，我看看貨色再說。」

「全是大阪的頂級品啦，一貫三八（一貫三千八百圓）怎麼樣？」

「哼，你這個小伙子，未免開價太高了吧？總之，先卸下來讓我看看。」

孝平像倒在地上似地放倒身體，把背上的帆布包放下來。對方立即打開帆布包，撕了一段熬味昆布，蹲下來品嘗。

「嗯，味道不錯。可是這價錢太貴了。嗯……一貫三〇（一貫三千圓）好了。」

「不行，我不賣，這個價錢還不夠工錢呢！」

孝平對男子的漫天殺價，不禁感到憤怒。他在大阪聽說只要把昆布拿到神戶就可賣到三千五百圓的價錢，所以才來三宮黑市。當他正要把卸下的帆布包重新包好時，那男子說：

「哎呀，你這麼容易便生氣，根本談不成生意嘛。這樣吧，我們在三〇和三八中間取個數，三四怎麼樣？話說回來，我可是專賣昆布的行家，以後你有多少貨盡量搬來。你要是有那麼多時間揹著大行李在黑市閒逛的話，不如再跑一趟吧。」

仔細想來，男子說得沒錯。孝平初次做黑市買賣，心情非常激動，雖說對方一開始就殺價，卻也不能因此不做生意。

「好，如果是這個價錢，你願意有多少買多少嗎？」

孝平從堺運來的一貫一千七百圓的昆布，在這裡賣得三千四百圓，足足賺了一倍。這是孝平返鄉後賺的第一筆錢。從堺到神戶往返需四個小時的車程。他從清晨七點開始，往返兩次。揹著十貫的昆布，在擠得水洩不通的電車裡，昆布屢屢險些被擠落。沉重的昆布把他壓得脖子痠痛，他張開雙腳用力撐著，把背後的昆布挪搖了一下恢復原位。

「笨蛋！怎麼揹這麼重的昆布上車呀？」

「喂，你是哪來的小子？光是你身上的昆布就要半票了呀！」

孝平的身旁響起這樣的罵聲和冷笑。不過，孝平始終閉著眼睛，張開雙腳穩住腳跟，揹好背後的昆布，盡量不讓後面的乘客推倒。揹綁在背後的昆布，其繩子幾乎快陷進他的肩膀肉。一個星期之後，從胸前交叉綁繞至肩膀的繩子，已經把軍服磨破了，脫光衣服一看，身上竟留下一條條深深的勒痕。

一個月之後，孝平不必專程去堺把昆布運到大阪，再從大阪運往神戶，而是可以直接從大阪搬往神戶。因爲堺的黑市仲介商要在大阪開店，以後他可以從那裡直接把貨送往神戶。光是這樣，他就可以省下往返堺到大阪之間一個半小時的車程。於是他從每天運送兩次，增加到三次，有時電車的班次掌握得宜，一天還可勉強往返四趟。在未做黑市買賣之前，他喜歡吃魚這類清淡的食物，此時不知不覺卻貪婪地吃起豬肉，不過仍沒長胖。由於他過度勞累，臉上漸漸顯得憔悴。

看到孝平這樣奔波，吾平沒多說什麼。因爲活在變化劇烈不講究商業道德、傳統規矩的時代裡，他沒道理嚴格要求孝平。而且孝平不像戰死的長子辰平那樣，曾在他身邊受到精心的調教。吾平還來不及訓練孝平，孝平就被派往戰場，在這個世道劇變的時代裡，他只能尊重孝平的決定。然而，他依舊抱持：「大阪商人就是日本的良心，要是大阪商人幹起黑市買賣，整個日本就找不到有良心的商人了。」他仍不改把騎摩托車前來勸誘他可大撈一筆的吉本趕出家門的初衷，過著寧靜的隱居生活。

## 2

孝平返鄉後，第一次迎接的昭和二十二年正月，顯得格外冷清。他從這三個月來所賺得的十五萬圓裡拿出一小部分，買了幾件新衣過年，也代替戰死的哥哥辰平，安慰突然蒼老許多的父親。

店鋪即將被戰火燒毀時，吾平冒著危險把浪花屋的店招搶救出來，如今就放在壁龕的白木方盤上。那面充滿昆布味褪成淡藍色的店招，此時已變成深灰色，上面有許多被火星燒穿的小洞。孝平每次一想到希望盡早把店招掛回原處，心中就有說不出的氣憤和悲傷，然後悄悄地望著父親駝背的身影。以前的員工，現在只剩掌櫃定助常來家裡走動，不過今年，吉藏和榮七等五、六個掌櫃和夥計都來家裡拜年。他們彷彿約好了似都穿上新西裝，還獻上紅包，但是態度卻有些虛僞，已經不見昔日那種以商號爲榮的精神了。

「感謝你們專程來拜年，就如你們所看到的，我父親過著隱居的生活，我則跑到神戶做黑市買賣，實在使不上力啊。」

孝平毫不掩飾地自嘲，吾平說道：

「總有一天，你們會明白商號的名氣和重要。」

「爸爸，你看他們沒有商號照樣做大生意，太顧慮有沒有商號，反而什麼都做不成。」

「沒有商號，我可沒辦法做生意，我是個拿商號向銀行抵押貸款做生意的人，要說在日本有什麼地方是這樣，就只剩大阪的船場而已。」

「問題是，船場被大火燒成了廢墟，已經沒有所謂船場的做生意規矩了。」

「笨蛋，這在大阪中心有數百年歷史的商人小鎭，可沒這麼簡單就被打垮！哎呀，怎麼沒好好招呼客人呢，眞是不好意思。」

吾平像是責難似地朝孝平瞥了一眼，然後向客人微笑致意，請大家喝屠蘇酒，但是氣氛仍然冷清。

沒等新春結束，過了正月五日，孝平便又穿上軍服，揹著昆布到神戶的黑市兜售。已經三十一歲的他，很想早點籌到開店做生意的資金。

大概是孝平勤奮的身影引人注目，二月初，他接到近畿昆布領貨工會的邀請。浪花屋的八田孝平代替年邁的父親，成了昆布領貨工會的幹部。這工會是戰爭期間遵循經濟管制規範設立的機構。工會依北海道至大阪的人口比例，以及實際的消費量做分配，亦即先把進貨的原草昆布送至這裡，再分配到業者手上。在這些昆布業者當中，既有像吾平那樣的老字號的退休商人，也有兼做乾貨的店家，工會是受地方政府監督的機構。從戰時到戰後，這些商人在生意上都獲致成功，很少有像吾平這樣只做昆布生意，其他什麼都不會的老字號商人。換句話說，這些人在這樣的組織裡，巧於鑽營即能賺到錢。

對孝平而言，這是全新的經驗。他大學畢業第二年即應召入伍，說到跟昆布打交道，僅只於幫父親跑業務而已。大阪高商畢業的理事長橫田對他說：

「你大學畢業又是浪花屋的繼承人，看到你揹著昆布在擠滿的電車裡被乘客擠推，總覺得你非常了不起。你承襲了令尊的學徒精神，誰也學不來呀。你想擔任什麼職位自己挑吧。」

一般人認爲，孝平大概想當會計或庶務工作而接受工會的好意。

「也許剛開始我可能做得不好，但我希望到領貨現場磨練，與其只懂得在學校習得的道理，不如親自實踐體會來得有幫助。」

橫田理事長沉默下來，後來才微微露出笑容地說：

「既然你這樣決定，那就從明天開始吧。」

翌日起，孝平拿出母親千代連同年子的嫁妝一起疏散到丹波的泛舊西裝。

「這樣我就安心了。看到你穿著軍服揹昆布的樣子，我就心疼……」千代喜極而泣。

不過，在孝平看來，揹貨郎也能賺到錢何嘗不好。眼下，他很想瞭解這個於自己當兵期間成立的經濟管制的機構，說不定可以從中找到商機或生意管道。

裝載貨物的列車緩緩駛進梅田車站的專用軌道，卸完貨再用貨車載往附近的肥後橋西邊的近畿昆布領貨工會的倉庫。每逢貨車駛進倉庫，工會的人便緊張起來。工會幹部沒等捆工把貨品全部搬進倉庫，便迫不及待地觸摸昆布確認品質。孝平和其他三名現場的幹部，則急著核對數量和種類。

孝平向來擅記數字而且記性又好，很快就能掌握進貨數量和種類，卻尚未練就辨別昆布品質的能力。若把川汲、尾札部出產的最頂級的「元揃昆布」，和根室、釧路出產的昆布一起比較，他一眼即能分辨，但對介於兩者之間的中級品就分辨不出來。其他三名資深幹部，光看昆布表面的肌理，即能精準分辨出產地和品質的優劣，這讓孝平備感壓力。

「孝平，現場人員沒辦法一眼分辨出昆布的好壞，是很糟糕的事啊。文盲倒無所謂，昆布盲可就慘嘍！」

說話挖苦的是三名倉儲幹部的其中之一，名叫大岩五郎，他曾於二次大戰前，於立賣堀的浪花屋的鼎盛時期，在堺的郊外賣昆布。他進入工會之後竄升得很快，由於有這層背景，因而對老字號的第二代繼承人孝平有著奇妙的敵意。即使他滿嘴說抱歉，孝平都覺得是語帶諷刺，總是雙唇緊抿強忍下來。

孝平留在空盪無人的倉庫，拿起昆布逐條嗅聞。他知道有海藻腥味的是頂級品，乾燥而略帶焦臭的是中級品。然而，他必須練就不需逐條嗅聞，光看昆布的肌理和凹凸的紋路，就能判斷出昆布的好壞，而這只能仰賴長期的經驗和敏銳的直覺。他嘆了口氣，佩服父親眞是個昆布專家。那天晚上，他站在酒店前喝了杯小酒才回家。

回到家，孝平一面吃撒上鹽味昆布的茶泡飯，一面向父親說出自己的苦悶，父親吾平一聽便強烈地反駁：

「唉，這種事怎麼教呢，而且也相當有限。你與其聽我說，還不如每天帶兩個便當，從早到晚待在倉庫和昆布打交道，自然就會懂了。」

有一天，吾平把被戰火襲擊後暫時棲身在泉佐野的掌櫃定助，和避居鄉下的久吉以及增吉找來，開始做起昆布的加工。在黑市橫行的時期，吾平避開投下龐大資金在大阪鬧區開店的危險，而選在離住處泉大津很近的堺開了間小型的昆布加工所。

「在這種時期，不適合打著商號開店做生意。現在，只要專心做昆布加工就好。我們昆布店不應該像掮客那樣買賣昆布，而是親手刨削、親口品嘗、親自販售。」

吾平說完，也拿起刨刀刨削白板昆布。他一刨削起來神情無比專注，回家之後，宛如去泡溫泉般高興地說：

「嗯，味道不錯。」

「再怎麼說，你已是上了年紀的人，可別太勞累呀！」

千代這樣關心叮嚀，但吾平並不聽勸，仍像以前那樣自己刨削昆布，希望早日在立賣堀重新開店。

那天，吾平一如往常穿著深灰色的褲子和白襯衫，罩上厚司布服似的短和服外掛，前往堺的加工所。

時序已進入九月中旬，但是仍燠熱難當，天空籠罩著低沉欲雨的鳥雲，悶得令人心生厭煩。吾平爲了把八月初進的高級「初摘」昆布刨製成雪白如霜的白板昆布，打算今天就開始泡醋。四、五天前，他找來定助，嚐了嚐浸醋的味道，結果不甚滿意。由於醋的比例是否得宜，對昆布的風味影響很大，吾平因此有點焦急。

「定助，泡醋的事非常重要。因爲春夏秋冬的天氣各不同，醋的比例調整相對變得困難，泡漬的方式也得跟著調整。最近，大阪有許多昆布店不懂這些重要的步驟，便大言不慚地標榜是大阪的名產。以前，我們在當學徒，師兄健在的時候，絕不把泡醋這種大事交給師弟去做。」

今天非常悶熱。吾平滿臉汗珠，熱得整個背汗水直流，有時覺得胸口鬱悶、目眩，有時幾乎喘不過氣來，連手背上都冒汗，很不舒服。每次手背冒汗，他便用清水洗手，再去察看泡醋的情況。他口中念念有詞地說今天非把味道調好不可，等到第三次去察看時，對泡漬的情況非常滿意，略厚的高級昆布已完全把黑醋吸進去了。

「嗯，這次泡得不錯，待會兒用厚身的昆布試試看。我去把頂級厚身的昆布拿來。」

他一高興起來便忘了方才的不適，朝加工所後面的儲貨處走去，挑選合適的原草昆布。

大清早，定助就被吾平找來加工所忙個不停，弄得非常疲憊，此刻正好抽根菸稍做休息。他對年過六十的吾平在鑑別昆布和加工之巧感到驚訝與敬佩，正想著接下來該如何泡漬厚身的原草昆布，但是遲遲不見吾平回來。雖說是要精挑細選，但未免也去了太久，定助於是繞到後面察看究竟。

鐵皮屋頂下的儲貨處十分悶熱，充塞著濃烈的昆布味道。堆得高高的昆布上面撒著白鹽以保持乾燥。

「老爺，老爺啊，我是定助呀。」

沒有回應。定助再到外面的廁所察看，仍然不見吾平的身影。附近都是空曠的廢墟，不可能找鄰居話家常。他決定回到先前的泡漬池看看，仍不見人影，於是又走進儲貨處，喊了一聲「老爺」，除了原草昆布的味道之外，沒有任何回應。後來，他似乎聽到微弱的呻吟聲，因而更大聲地喊叫，並搖了搖堆得高高的昆布束。旁邊的昆布束突然倒塌，吾平的肩膀從掉落的昆布中露了出來。吾平就像跌倒似地仰躺在原草昆布堆中。

「老爺！老爺！」

定助急忙把吾平從昆布堆中拉出來，他那瘦小的身軀尚有餘溫，卻無法出聲。吾平突然腦溢血，一個人靜靜地走了。聞訊趕來的千代，突然說道：

「你一定很想喝水吧。」

接著頻頻餵吾平喝水，她手一放下來，便像責斥他似地說：

「你怎麼可以這樣就死了啊……」哭得非常傷心。

孝平表情凝重地掀開覆蓋在吾平臉上的白布。父親的皺紋粗深明顯，彷彿還活著似的，深深的皺紋往臉頰兩側伸展而去。孝平彷彿聽到父親從厚厚的嘴唇，像往常那樣快嘴快舌地說：

「我算錯了，我死得太早了。」

孝平雙手合十，向父親的遺體致意，接著悄悄地攤開父親的粗手。那是一雙厚實勞動的手，指節上留有些許鹽粒，逐漸僵硬的身體散出濃烈的鹽味。

「啊，原來是鹽巴……」

孝平躬身拿起父親的手，拭去上面的鹽味。那是一雙死了也還沾著鹽巴的手，畢生爲昆布勞動而生的手。孝平擦拭的同時，不禁哭了起來。因爲他切身體會到失去父親的悲慟。

家屬、親戚齊聚一堂。自守靈那天起，孝平的妹妹年子便抱著孩子和丈夫梅園佳之回來，可能是太過悲傷，一直跪坐在吾平的棺木旁，因而忘了向弔客致意。年子最瞭解父親從戰爭時期的經濟管制到自家店鋪和倉庫被戰火肆虐，乃至於戰後艱苦搏鬥的歷程。在她看來，父親雖然沒念什麼書，但一身傲骨和事必躬親的精神，是偉大令人敬佩的。遺憾的是，他死得太早了。她想起出嫁前夕父親說的那番話：結婚跟做生意一樣，必須勤儉、努力、凡事忍耐。她多麼希望父親長壽些，再次教誨她人生的道理。

「你那麼擔心忠平哥的安危，怎麼還沒等他回來，就先走了。」

年子淚流滿面，口中不斷說著話。

在一旁的母親千代，只是「啊，啊」地點頭，愣愣地坐在一旁，連喪服都是年子幫她穿上的。

第二天下午，舉行吾平的告別式。雖說是浪花屋八田吾平的喪事，但告別式並不盛大，沒有餘力比照以前店的規模租下整個寺院舉辦葬禮，而是在泉大津的寓所舉行。這天，連平常甚少往來的昔日員工都全部到齊，其他浪花屋分號的同業也紛紛送來芥草，多到排放至鄰家的門口。當時，隱居千里山的浪花屋本家少爺還特地送來芥草致哀。甚至那個背叛吾平的騎摩托車賣黑市布料的吉本，這天換下皮夾克，穿上黑色西裝前來捻香，在吾平的遺體前，一副若有所思的樣子，深深鞠躬致哀良久。孝平站在門口，向弔客欠身答禮。身材粗壯的橫田理事長來到面前，拍了拍他的肩膀說：

「靠商號做生意的商人，到令尊這一代結束了。孝平，以後你得自立自強。」

誦經一結束，傳來一陣小小的騷動，馬上要出殯了。孝平打開棺蓋，在父親的身旁，滿滿地塞著父親生前所鐘愛的泛著黑色光澤的元揃昆布。爲刨製昆布鞠躬盡瘁，最後倒臥在昆布堆上死去，此刻躺在棺木裡的吾平，在濃郁的昆布味道的陪伴下，安詳地被送出家門。

## 3

孝平退伍返鄉之後，迎接了第二個新年，時值昭和二十三年。僅只短短的一年，他的父親便突然撒手人寰，家裡只剩年老又愛嘮叨的母親，和一名年輕女傭，過年的氣氛格外冷清。此外，徵調至中國戰線的弟弟忠平，至今音訊杳然尚未回來。

孝平總覺得自己不撐下去的話，很快就會被艱難的逆境打敗。每次想起沒有資金重新開店，做爲他精神最大支柱的父親又與世長辭，時常令他感到孤獨徬徨。每逢這個時候，他便強打起精神，安份地到大阪的領貨工會上班。他每天帶著便當，每月領薪六千圓。一年之後，他終於比較瞭解工會內部的運作。他發現，負責昆布配額分發工作的工會幹部不僅可以領高薪，而且有其他豐裕的外快。因爲昆布送進倉庫之後，在分配給業者之前，有很大的漏洞可鑽。換句話說，負責分配工作的幹部，可以從中浮報或短報昆布的數量。而受到浮報好處的業者會付給這些幹部頗多的回扣。相反的，遭到短報的業者，則氣極敗壞跑來理論。這時候工會幹部便出示假帳，厚著臉皮說：

「哎呀，數量就這麼少嘛，你抱怨也無濟於事。」

如果業者仍無法接受，他們便態度傲慢地推說：

「你若不相信，可以去詢問政府機關呀！」

其實，他們事先早已和監督機關互通聲息，每天有吃不完的豪華酒宴。因此後來在外面私下開店的那些幹部，每當貨車一抵達梅田車站，他們粗估就有三十萬圓的暴利可拿。貨車抵達那天，他們圈起大拇指和食指，比了個銅板的手勢說：

「又有『三圓』要進來了。」

尤其在配給稱重時，更是大賺一筆的好機會。他們慣用的手法是，在從幾萬貫的大宗業者分配到幾貫的小業者時，趁機慢慢地偷加斤兩矇混。

氣氛緊張的分貨站裡，擺上大秤，一捆捆用粗繩綁束的昆布便丟了過來。分貨站裡有許多臨時工。臨時工把大捆的昆布抬上磅秤，工會幹部沒等磅錘靜止，瞥一眼便決定重量，飛快地往下稱算。若碰到有微詞的業者，他們居然訕笑地說：

「要是每捆昆布都要稱得斤兩清楚，可能得算到日落黃昏呢！缺貨期，你就少發牢騷吧。」

後來，孝平調至負責稱重分配的工作，於是有幹部三番兩次利誘他：

「有好處可撈你怎麼不撈呢？何必像你死去的父親那樣頑固嘛！你若從中動點手腳，就有回扣可拿，業者也樂得可大撈一筆呀！」

遇到這種情形，孝平說道：

「現在才急著撈錢恐怕太遲了。在黑市盛行的時期，我因爲進場得晚失去了先機，所以對他們吃剩的骨頭沒什麼興趣。」

孝平認爲，既然擔任分發配額的工作，就必須公正無私。同時，他也下定決心：等經濟管制的時代結束，我就要跟你們來個光明正大的較量！

大概是孝平認眞負責的工作態度受到肯定，不久，他便代表昆布業者出席參加大阪府的「領貨分科委員會」。這個委員會的功能主要是企劃和決定各產地透過管制機關送往大阪的食物配額比例，也就是說，所有乾貨、疏果、牛肉和穀類等的配額，都由這個像是大阪的中央廚房的委員會全權決定。

目前，每個月約有四、五萬人從疏散的鄉下和戰地回到大阪，他們的當務之急就是取得糧食。這個「領貨分科委員會」由數個人組成，每個月只召開一次會議，卻主宰了市民的肚腹。

因爲市民對昆布的需求量大增，孝平出席的昆布委員會，對庫頁島海域遭蘇聯控制導致昆布出產量越來越少提出建議。從做生意的觀點來看，爭取到越多的昆布自然賺得越多。這樣一來，就不能按人口比例和業者的實際銷售量來計算，而是要跟他們爭取才是最要緊的。

於是，在大批昆布運抵大阪之前，就有該委員會的委員專程跑到產地跟北海道出貨機關的首長、官員斡旋，就算神戶和京都的出貨量不夠，也得增加大阪的配額。如果這個要求於法不容，那就請在貨車上多裝些非管制品的裙帶菜做爲退讓。貨品抵達大阪時，該委員會的委員便出面籠絡大阪府監督機關的官員，請他們網開一面，讓超出法定數量的貨物進入大阪。爲了達成任務，他們才不管官員的人品和見識，無論如何就是要逼官員放行。因此市民認爲，正因爲有政府官員從中搞鬼，才使得老實人瀕臨餓死，而恨得咬牙切齒，其實眞正原因是那些官員全被唯利是圖的商人所操控。

孝平處在這種爾虞我詐追逐金錢的商人當中，一面要避免與人發生衝突，一面要學習商人的堅定意志和交涉手腕。

孝平是個每天帶著便當、月領六千圓在昆布領貨機關工作的幹部，但是他懂得鑑別昆布，深諳產地到消費地的流通管道，而且又認識了各食品相關的重要人士。他爲自己感到慶幸，若不是待在這經濟管制時期的領貨機關，一輩子也沒機會見識到這些重要人士的風采。

孝平要結婚了。他原本打算等弟弟忠平回來再談婚事，可是已經三十二歲了，母親千代急著要他成家。對方跟浪花屋一樣在西船場開了間乾貨店。雖然談不上是著名的商家，但老闆是從學徒做起，是個努力踏實的人。不過，越是接近提親的日子，千代卻因爲對方不是出身名門，而有點猶豫，住在泉佐野的定助以大掌櫃的身分不以爲然地說：

「唉，還有更多出身名門的店家嘛……」

然而，孝平決定向對方提親。其實，相貌平凡也有好處，而且對方念小學時還獲選爲日本優良健康小孩，這點令他感到滿意。他認爲既然是商人的妻子，一輩子都得與丈夫一起工作，二十四小時隨時待命。即使是在吃飯時間，一有客人進門，就得馬上出去招呼；即使是才吃過晚餐，遇到客戶來訪，也必須立刻安排用餐，還得適時費心監督店員的工作情形。在只能靠單打獨鬥的環境裡，與其娶進有錢的良家小姐，不如娶個隨時都能與丈夫共同努力的妻子。

嫁進八田家的乃子，比孝平小六歲，才二十六歲。她圓圓的臉蛋，黃褐色的皮膚緊緻，乍看之下比實際年齡年輕許多。乃子是家裡四個孩子中的獨生女，從小家教嚴格，個性堅強又能幹。小姑年子出嫁後家裡請了女傭，她覺得這是不必要的開銷，和婆婆千代商量之後，辭掉女傭。所有事全由她一個人張羅，家裡也打掃得乾乾淨淨，還用碎布縫製坐墊，把家裡佈置得生氣盎然。

孝平退伍回鄉以來，歷經家道中落、父親突然過世，爲重新出發而心力交瘁，這時終於可以安定下來，享受家庭的溫馨。孝平儘管領得的夏季津貼不多，但仍給母親買了件夏季和服，婚後初次帶乃子去有馬溫泉住了一晚。

經過長期沉潛學習做生意要領的孝平，終於等到絕佳的機會。正如他所預測的，昆布的管制即將在近期解除。有項好消息指出，這個命令最快在十月底，最遲在今年底即會解除。面對這即將到來的時刻，他暗自發誓：只要經濟自由化時代來臨，我就要大展身手，讓同業刮目相看。九月下旬，領貨工會得知這項新消息，幾個幹部臉色大變神情慌張。因爲這大撈油水的機會，恐怕要化爲烏有。孝平壓抑著內心的激動，擬定自己的經商計劃。十月初，他向工會提出辭呈。

「哦，原來是因爲經濟管制即將廢除啊。不過，你還是等消息明確之後再辭也不遲嘛。你的急性子還是沒變呀！」

橫田理事長加以慰留，但是孝平心意已定，只好勉強收下他的辭呈。

孝平經商的第一步，就是選定重新開張浪花屋的地點。他一連三天到父親最初開店的立賣堀的廢墟察看，那裡沒什麼人潮。沿著橫堀川往西的立賣堀一帶，雖然也是屬於船場地區，但是店家寥寥無幾，就算有零星陸續興建的新建築，也都是小公司或臨時辦事處，只有兩、三家老店恢復營業。孝平認爲只要手上握有土地，眞要興建店鋪的話還是可以，只是生意做不做得起來，可就不得而知了。另外，還有一塊地可以列入考慮。那塊約三十五坪的土地位於堺旁的日本橋二丁目的轉角附近，是父親生前經商時的倉庫。他正猶豫該選用哪塊地開店。一塊是父親最初開店的處所，一塊是倉庫用地，兩者都有地利之便。日本橋二丁目滿目瘡痍的高島屋、大丸、十合等百貨大廈就近在眼前，而且三家百貨的地面下還有逃過空襲但老舊的地下鐵行駛。總之，今後的大阪將以心齋橋為中心發展。孝平決定與其在立賣堀開店，還不如在鄰近心齋橋的日本橋二丁目要來得恰當。為了重振浪花屋的家業，這個據點非常重要，而當務之急就是籌措資金。

孝平準備興建店鋪。時代變得眞快，不久前還在郊外的一個姓今里的木工師傅，半年後也堂而皇之掛起某某建設的招牌。當時，兩坪左右像雞舍的木造房子賣價一萬圓，店寬三公尺的木造房子的建造費，少說也要花上四十萬圓，而且還不包括內部的裝潢。目前孝平手上只有三十萬圓。其中一半是他辛苦揹著昆布到神戶的黑市賺來的，另外的十五萬圓則是父親過世後賣掉堺的昆布加工廠的所得，另外還有點存款，但是支付這些款項之後，他便沒錢批購昆布做生意。其實，如果把立賣堀的地賣了，多少可以湊合著過去，可是他實在不想這麼做。他知道在新時代非常需要資金，但他說什麼也捨不得把猶如父親遺骸的土地輕易變賣。

木工師傅頻頻來催促，要孝平盡快做決定，孝平若說再稍等一天，他便瞧不起人似地直咋舌。儘管如此，孝平仍默默忍著，因為他現在只想先把店鋪興建起來。當他覺得事情再緩一下時，剛好有了新的轉機。他正為缺資金發愁之際，恰巧與以前因為工會的緣故而認識的大阪府食物課的谷川課長相遇。

「你在哪裡高就啊？當時我就覺得你不同於一般年輕人，是個很能幹的青年。」

谷川課長親切地向他打招呼成了這件事的契機，孝平把缺資金的事和盤托出。

「哎呀，你可以向大阪府的住宅協會申請呀。不僅可申請住宅貸款，現在店鋪的建造費也可以申請貸款。當時在領貨分科委員會擔任疏果業務的庄司，現在已升爲股長，我來幫你介紹。」谷川出乎意料地伸出了援手。

隔天，孝平前去拜託庄司股長，恰巧有個貸款申請人放棄了，因而用特別的計息方式轉移給孝平，建造工程才得以早日開始。時運這東西眞是奇妙，當他正愁沒錢興建店鋪時，卻意外遇到貴人相助，爲此他感到份外興奮。

## 4

孝平初次開店是在昭和二十三年十二月中旬。店面有三公尺寬，門口鑲嵌一面貼了圍板的玻璃門，正門掛上自父親那一代傳下來的「浪花屋」店招，玄關前斜擺兩個櫥窗，裡面擺放保存昆布的容器，和裝箱包裝用的寬台。從外面往店裡看，可以清楚看到兩側的陳列架上放著各式各樣的昆布。店裡只有一名員工——二十二歲的岡本三次。回想起父親生前店裡有掌櫃和學徒招呼顧客的情景，孝平感慨良多。不過，孝平累得兩眼充血，他告訴自己：這裡是憑自己的實力打下的最初據點，日後要深耕經營，慢慢擴充規模。

店才開張，便進入歲末忙碌的時節。孝平推測得沒錯，昆布的管制於十二月中旬正式解除，以後不必經過領貨工會的配額，可以自由與昆布批發商採購，價錢只要雙方談妥即可。

孝平清晨七點起床，騎著自行車到靭中街的「大千」批發店採購昆布。孝平採購熬味昆布三貫、細絲昆布四貫、白板昆布五貫。他把這十二貫昆布綁在自行車的後座，一面踩踏板一面揮汗，騎在臘月寒冬的街上。站在店前的店員岡本和孝平的妻子乃子，不大會招呼生意。由於店剛開幕又是新面孔，鮮有客人上門光顧。爲了方便顧客上門，即使寒風瑟瑟，店門也大大地敞開，常令人瑟縮得直發抖。此外，有時還得把變乾硬的白板昆布，用醋輕抹使其柔軟。抹醋主要是防止昆布變硬，因此必須逐條抹拭。這些事以前都交由師傅處理，如今因爲人手有限，於是孝平、乃子和岡本三人一起加班分擔。久而久之，手掌便被醋汁浸蝕得粗糙和出現裂傷。店門口擺放許多紙箱，裡面裝的是年終送禮用的昆布，但是過不了幾天，紙箱就會把昆布的醋味和鹽味吸走，讓昆布變得乾燥，這時就得把變乾燥的部份細心地抹醋使其保持柔軟。這些細碎繁瑣的事都是爲了提高昆布的品質，同時也是爲了博得顧客的信賴。所以孝平每天清晨七點便出門採購，中午看店，到了晚上十一點整理貨品、裝箱打包，一天工作十六個小時。年輕的岡本有點吃不消，但是孝平仍頑強不屈。乃子累得兩眼疲憊，仍默默地幫忙，並體恤丈夫的辛勞，她說：

「你這樣硬撐不要緊嗎？可別把身體累垮了呀！」

孝平對自己的體能很有自信。說來諷刺，他六年的軍隊生活並非完全無用。軍隊裡可以培養出大阪商人應具備的勤儉、努力、忍耐的基本精神。在軍隊不講究出身、學歷，只要穿上軍服，就得跟幾百萬新兵一樣接受勞動和訓練。在這些嚴格的訓練中，只有通過考驗的士兵，才能存活下來。而孝平正是通過嚴竣考驗的戰士。雖說他是在學習做生意的重要時期應召入伍，但嚴苛的軍隊生活也鍛鍊出他埋頭苦幹的精神。

到了昭和二十四年，物價依然波動不定。是年二月，吉田茂第三次組閣，然而大阪商人已經無所謂誰擔任首相，只要不再實施經濟管制，誰組閣都一樣。他們已經不指望政府，每個人都靠自己的實力批貨做買賣，只求能夠好好地做生意。

孝平繼續從其他地方批貨，踏踏實實做生意。大阪不愧是商人的城市，大阪人買東西眞是精挑細算，絕不隨性或胡亂購買，而是衡量過品質和價錢，覺得可行，即使要搭電車或公車也會來買。當然，來此之前，他們已把車資計算在內，也清楚商品的價錢，覺得划算才來。如果買賣雙方都是商人，反而會討價還價不好做生意。

儘管經濟管制逐漸鬆綁，牛肉、魚肉、雞蛋等價格仍居高不下，相對便宜的又易儲藏的昆布越來越受民眾的歡迎。孝平認爲，儘管現在是食物匱乏的時代，但是他必須提高昆布的銷售量，擴大顧客群才行。在此之前，眞昆布、白板昆布、鹽味昆布各分爲高價和低價兩個等級，現在他把它分成高價、中價和低價三個等級。這主要是考量顧客的荷包，同時也鼓勵他們多買，不管是高價還是低價，最終目的就是提高銷售量。而且他不把價格說成高價、中價、低價，而是說成高價、中價、普及價，以方便顧客購買。此外，他還非常貼心體諒家計困窘的家庭主婦，免費把熬味昆布的碎屑送給她們做醬醃之用。當時，連一條醃漬的蘿蔔都很貴的時候，這免費贈品意外地受到歡迎。這個微妙的方法奏效了，顧客明顯增加了不少，不過可用的周轉金仍然太少。目前，無論是製造商或批發商，全都是現金交易，即使是以前著名的老字號，沒有現金一樣做不成生意。

孝平把微薄的生活費交給乃子，其他全部塞進錢包拿去批購昆布。那些錢是他剛籌集數算過仍留有手溫的大把鈔票。他希望用這些鈔票多進些昆布，如果可以不必吃飯的話，他甚至想進更多的貨。他從開店之初便向「大千」昆布批發店批購昆布，店老闆看出他的焦慮，於是說：

「孝平，我只收你十萬圓的訂金，其餘的等你手頭寬鬆些再給。在經濟管制的時期，多虧你幫忙讓我賺了不少錢。」

原本是三十萬圓的貨款，孝平只付了十萬圓訂金，便可以把貨帶走。當時，東西比金錢還重要，可以事後付款先把東西帶走，是非同小可的事。對欠缺新日圓的孝平來說，這樣可以做更大的買賣，自然也就賺得更多。這是孝平於經濟管制期在領貨工會工作時，方便其他商人賺錢卻沒收回扣的回報。「大千」批發店曾受孝平幫忙賺了不少錢。幸虧，當時孝平沒有收下商人吃剩的殘羹剩菜，才能有今天的通融。當時大家都說大學畢業的知識分子商人只會盤算蠅頭小利，但是孝平早有定見，始終有長遠的經商計劃的眼光。

在感念情份的大千商店的協助下，孝平的資金快速累積，員工也增加不少。最令孝平苦惱的是，如何把船場老店屹立不搖的精神傳授給浪花屋的員工。如果僅只數名員工那倒還好，但一下子來了那麼多學徒，就必須像以前的老店那樣加以嚴格訓練。然而，現在已不同於以前的封建時代，不能把學徒稱爲「吉」，夥計稱爲「七」，掌櫃稱爲「助」，孝平盡量避免這些稱呼，直接叫員工的名字。儘管如此，他還是訓練學徒要秉持這種精神。對堅持學徒必須磨練十年，若沒能學會分辨五十種昆布的能耐，絕不讓其開立分店的浪花屋來說，理所當然要供學徒食宿並加以嚴格訓練。

「根本沒必要讓學徒蹲十年苦窯嘛！過了十年，一流的人才都變四流了。」

新興的黑市商店背地裡這樣抱怨，但就事實而言，硬要把得花上十年功夫才懂得昆布之道縮短爲八年，實在是不可行。因此，孝平對新來的員工提出的首要條件是以十年爲目標工作。

「俗話說十年寒窗苦修，說起來很簡單，卻不容易做到。你們今晚好好考慮後，若覺得自己不適合這一行就回故鄉去，車資由我支付。」

孝平面試了六個人，其中有兩名選擇回去。他不禁苦笑，現在的年輕人果眞比較缺乏以前那種奮發努力的精神。

「你們每天早上要比我早四十分鐘，也就是六點半起床，從打掃店裡開始，工作時間到晚上七點。在這段期間，早餐的吃飯時間是三十分鐘，午餐時間可以休息四十分，飯只能吃一碗，因爲吃太飽就沒心思幹活，沒心思便做不到生意。另外，無論工作多辛苦，也不准抱怨、發牢騷，這點你們要謹記在心。」孝平對著新來的四名員工這樣叮嚀，最後一句還特別加重語氣。

孝平發給新進員工的衣服，跟以前學徒所穿的棉質厚司布服和圍裙不同，而是改爲藍色的棉質長褲和深灰色的夾克上衣，只有上衣的口袋還繡著手持萬寶槌的財神大黑天，以及浪花屋的店號。孝平不讓員工稱呼自己「老爺」，而是改稱「老闆」，也不以「夫人」稱呼乃子，而是社會上常稱呼的「太太」。

員工都感受到孝平那種斯巴達式訓練的嚴苛，但都認爲很合理，因而賣力工作。由於孝平事必躬親，並以此要求員工，這麼一來，員工也就無法投機取巧，店裡充滿活力。

「怎麼樣，很有趣吧？工作有活力，生意就會興隆，生意興隆就更有學習的動力，也就學得更精進，這麼一來，昆布的品質就會越好，而生意也就更興隆了。做生意是非常實際的啊！」

不僅孝平這樣認為，員工也相信憑自己的努力可以讓店裡生意興隆，於是越來越有幹勁。這就好比車子的輪子，狀況好就會跑得更快。孝平把最初平房的裡屋打掉，加蓋二樓，把住家移到樓上，樓下則鋪上地板擴充店面，並且增加三個陳列架，店面越加顯出威望。

忠平回來了。他是在比往年燠熱的昭和二十四年七月左右歸來。當時一個月內接連發生下山國鐵總裁輾死事件（譯注一）和三鷹事件（譯注二），引起社會騷動不安。二十七歲的忠平就在此時神情茫然疲憊地回來了。他看到揮舞著寫了「反對國鐵大量裁員」的紅色旗海，弄不清楚為什麼社會如此混亂。

母親千代突然變得嘮叨起來。

「爸爸等你等得好苦，你怎麼現在才回來呀……」

一個月來，她幾乎叨念著同樣的話，說著便撫摸忠平消瘦的背。孝平決定讓弟弟忠平像當初自己那樣先靜養一陣子。

---

譯注一：一九四九年日本國鐵總裁下山定則在上班途中失蹤，之後在常磐線北千住與綾瀨站之間的鐵軌上發現其被輾斃的事件。時值吉田內閣大量裁減國鐵員工之際，自殺、他殺兩說紛云，至今仍無定論。

譯注二：一九四九年在中央線鐵路三鷹車站內發生無人電車失控，造成二十六人傷亡。

「店裡太吵了，你要不要到白濱靜養一下？」

孝平這樣體恤，但是忠平連站起來都嫌麻煩。他住在二樓母親的房裡，醒來時，一言不發地坐在店裡呆望。

大學畢業後隨即應召入伍，沒有好好跟父親學習做生意的忠平，也感受到行規和模式都不同了。父親所處的明治、大正時代，相對地安定單調得多，可以從中看出商人的威嚴和堅持，卻也有著率性的樂趣。相反的，哥哥孝平所處的是動盪劇變的時代，大阪商人講究姓氏商號的傳統已不復再，光靠商號根本沒法做生意。即使同樣有著商人的堅持與威嚴，哥哥還多了份現代的縝密思維。他或多或少也察覺出哥哥正在艱苦奮戰。

乃子已經懷孕八個月，仍站在廚房指揮女傭，只要一有空，便彎著大腹便便的肚子，動作麻利地幫忙包裝昆布。

忠平退伍返鄉的第二個月，也開始在店裡幫忙。跟性格豁達的孝平不同，忠平身材瘦小，個性羞怯木納，總是默默地幫孝平核帳，因爲孝平不喜歡這些算盤記帳的差事。由於會計和店裡有弟弟忠平幫忙，他也就不必爲這些瑣事操心，終於可以更加專注在批貨和接洽大訂單上。

當時百貨公司正快速地恢復舊有的規模。戰爭結束後，在黑市飽受敲榨、被迫買到粗劣貨品的消費者，開始往百貨公司購物了。因爲在值得信賴的百貨公司裡，可以免去被強迫購買的不快，這點最是吸引消費者。而且在交通壅塞的時刻，在百貨公司裡就可以買齊想買的東西。

隨著人潮聚集和商品的多樣化，在物資匱乏的時代，完全處於劣勢的百貨公司的採購部門，慢慢學會考慮品質，挑選適當的商品。父親吾平生前便與阪急、大丸、高島屋、三越、十合等大阪五大百貨有生意往來，不過時代已經不同了。孝平很想重新與它們建立關係。有些承辦員還知道孝平的父親，談話接洽生意也就順利得多，但是也曾碰到一個年輕的採購股長把孝平當成新來的廠商冷漠對待。

在同一家百貨的食品區，擺放的位置和貨架大小以及數量，都會影響到營業額。因此廠商無不為了確保專櫃的位置和大小而爭得火熱。孝平就曾因沒有像從學徒做起的商人那樣，向食品課課長或股長卑躬屈膝地恭維，而被攆到食品區的角落。沒這樣向他們打招呼，即使提供的商品再好，有再多的錢，在他們眼裡也只不過是個出入百貨公司的商人而已。孝平深切地知道商人的難處。不過，「敗中求勝」原本就是商人的經營哲學。凡是做生意不可能每次都穩賺不賠，為了談成生意，有時在交涉的過程中，還得故做認輸妥協，為的就是爭取最後的勝利。孝平深諳箇中的道理，因此對做法愚蠢的新進的採購主任也必恭必敬，只要有什麼要求都給予方便。

乃子臨盆的日子越來越近，婆婆千代和娘家的父母既緊張又興奮。對大阪的商家而言，新生兒也是資本，從累積資本的觀點來看，得生下繼承家業的男孩才行。婆婆千代四處到神社祈求安胎的香火，還把疏散期間生下孝平時的嬰兒衣服拿出來，在乃子的肚子前撫摩一番。乃子的娘家也悄悄帶來安胎的中藥給乃子喝。孝平對這迷信的做法不禁苦笑，不過務必生下男嬰的這一點，倒是跟母親和乃子娘家父母的看法一致。

結果，乃子生下一名女嬰。孝平從客戶那裡打電話回去，聽到消息後非常失望，回程的路上並沒有去乃子生產的婦產科醫院探望。在母親的苦勸下，才在第三天去醫院探視。他一走進病房，旋即大聲斥罵：

「笨蛋，還不趕快跟我道歉啊！」

然而一看到躺在乃子身旁的嬰兒哇哇大哭，便略爲壓住怒火地說：

「好啦，女孩將來也可以招贅。話說回來，就算生的是男孩也有不成材的時候，從這個角度來看，我們倒可以依照需要招贅合適的女婿。不過，下次妳絕對要生個男孩喔。」

這女嬰取名爲三千子。

孝平幾乎每天都爲採購或擴大營業在外奔波不得片刻休息，忠平則極力控制成本，慢慢地累積盈餘和資金，只是賺得多稅金也課得兇。政府官員和銀行高官花大把鈔票請客宴會，而中小企業主賣力工作，最後還要繳納高額稅金，也沒能在高級餐館盤腿喝酒。不僅如此，工會要求調薪，資方若不同意，他們便大鬧罷工，一到了夏天，便要求夏季津貼，冬季的時候，又要求年終獎金；春季，又有要求調薪的遊行，一整年裡各工會都有罷工示威。而商人既不能向政府要求加薪，也不能罷工，只能硬撐著孤軍奮戰。社會黨提倡工作八個小時以團結日本勞工，可是中小企業主包括員工，工作時間都超過十個小時。就在這時發生了暴露中小企業勞資雙方矛盾的不幸事件。

那天孝平約莫清晨七點起床，坐在餐桌前看報紙，一則以「老闆全家被殺」爲題的社會新聞映入眼簾。標題旁附了三張照片，分別是他熟悉的渡邊仙造、戴著白色頭紗的仙造的妻子，以及戴著嬰兒帽圓胖的嬰兒。全家遭到殺害的渡邊仙造是紙張批發商，他的店離孝平的店約莫一站路面電車站的距離，從日本橋三丁目的十字路口稍爲往東的地方。當時仙造四十三歲，正値壯年，一家三口，有五名員工。十九歲的A姓員工之所以行兇，起因於埋怨店裡伙食太差和工作繁重以及薪水微薄，因而趁老闆全家睡著時下手，連滿周歲的嬰兒也慘遭毒手。據警方調查指出，A姓員工做案的兇器是四天前從百貨公司買來的，這顯然是預謀殺人。

在遭到逮捕雙手掩面的A姓青年的照片旁，有一則報導某著名工商界人士斥責中小企業封建的雇傭關係。婦幼局長也公開聲稱，這件事已違反勞基法，將對日本橋一帶的中小企業展開調查。

在孝平看來，以上的說法太過偏頗，無法令人接受。慘遭殺害的渡邊仙造跟店員一樣，清晨七點開始上班，每天工作超過十個小時，臨睡前還得爲生意操心。說到所謂「伙食太差」也不盡然，他們店裡的伙食費比其他店來得高，仙造跟店員一樣吃摻麥的白飯，而且店員吃的麥飯比老闆還多，被說成「伙食太差」實在很無奈。而所謂「薪水微薄」的說法，也令人難以苟同，因爲員工入行之前即已知道，以中小企業或零售商的財力，根本沒辦法像大企業那樣提供優渥的薪資。渡邊仙造身爲「渡邊商店有限公司」的老闆，也只領到大公司經理級的薪水而已，何況他又不像高級白領階級那樣打扮光鮮、工作輕鬆，而是累得像條狗一樣忙個不停。其實，造成A姓員工犯罪動機的伙食太差、薪水微薄、工作繁重，也是被殺的渡邊仙造的生活寫照。

這事件帶給十二月爲年終大拍賣忙碌可能導致工作繁重的商店街微妙的影響。有些老闆突然討好店員，也有怯懦的老闆娘因爲害怕遭致員工殺害帶著小孩躲回娘家。當然，其中還包括未必正確的批評和同情。這個事件似乎也對孝平的店員造成不少影響，比如，公休日外出晚歸，或用餐時聊個不停，超過規定的休息時間還不工作等等。

這一年各工會爲提高年終獎金在年終大罷工，尤其是電鐵相關單位的態度更是強硬。每次罷工不僅影響外出採辦年貨的民眾，商人也爲無法運送貨品而大爲困擾。就連掌握日本全國貨車運輸網的日本通運公司也準備在年終大罷工。這天原本有兩百五十貫左右的昆布要從堺送到孝平的店，孝平必須在這天收到貨，然後徹夜包裝歲末送禮的禮盒，於翌日早上趕在百貨公司營業之前交貨。當然，老實告訴百貨公司運輸業罷工無法準時送達也無可厚非，可是眼看著好不容易有成交的機會，卻要拱手讓出總覺得可惜。儘管如此，又找不到貨車願意載送。

「忠平，你說氣不氣人啊，都是因爲他們鬧罷工，我們一天的營業額就這樣飛了。」孝平抱怨道。

「哥哥，我有個好主意。到處都有大板車，我們可以去借大板車，把昆布從堺載回來呀。」

在他們店後面的榻榻米店有一輛大板車。開口提議的忠平率先走去，身材健壯的田中和越田也隨之在後。忠平穿著當兵時的褲子和夾克，拉著大板車去堺。

孝平在店裡也靜不下心，斟酌一下時間，便搭電車去領貨的堺。他看到忠平陸續從山榮倉庫抬出昆布時，從背後大聲喊道：

「忠平，我來幫忙了。」

「哎呀，你待在店裡等著就好了嘛！」

忠平有點發脾氣地說道，動作麻利地把昆布堆上大板車。回程的路上，忠平用肩膀拉著大板車，田中和越田在後面推車，孝平則從旁推著。他們從堺走十六號公路回到大阪，花了四個半鐘頭。他們平常很少拉大板車載貨，這次拉了兩百五十貫的昆布，累出一身汗。

孝平爲眼前的怪現象不禁湧起一絲苦笑：現在的日本居然演變成勞動者鬧罷工，商人卻得在寒冬臘月拉大板車載貨呀！

## 5

時序一進入昭和二十五年就讓人感受到局勢的動盪。對很想喝屠蘇酒慶祝新年的大阪人來說，他們感受到社會氣氛的紛亂，通貨膨脹始終未受到有效抑制。

稅捐越來越重，連大阪商人在新春拜年時，也不禁要談起這個話題。從去年到今年，大阪商人已經被沉重的稅捐壓得喘不過氣來。雖說物價飛漲看似可以從中獲取暴利，但賺來的錢很快就被稅捐稽徵處拿走了。這麼一來，商人好像是爲了繳納稅金、養活妻兒和員工而工作似的。有些商人甚至抱怨，與其這樣被稅金追著跑，還不如去上班領薪水來得輕鬆，可是卻不能就這樣關門歇業，因爲去年度的稅金尚未繳納。買賣、課稅、付款，稅捐單位就是順此一路追討的，所以不可能突然說歇業就歇業。換句話說，商家沒有多餘的時間思考、判斷和轉業，只能賣力工作，努力賺錢繳納稅金。繳不出稅金的人紛紛垮了，只剩有能力大賺一筆繳納稅金的商家存活下來。這些搏鬥是慘烈的，非勝即敗。儘管才剛新年，就有人因爲繳不出稅金而自殺或發瘋，但至多也是以十行左右的社會新聞篇幅輕輕帶過而已。

在這動盪紛亂的時期，池田勇人居然口出狂言。大藏大臣池田勇人在三月一日的記者招待會上發言：死了一、兩個中小企業主也是無可奈何的事。池田這番談話，讓商人之城的大阪商人錯愕不已。這如同把人群堆在地上用推土機輾過似地令他們感到震驚。

孝平看完這則報導，不禁怒火中燒。

「說什麼鬼話嘛！」

孝平氣得差點噴出唾沫來。一股怒火急竄而上——你們這些傢伙曾像我們這些中小企業一樣揮汗勞動過嗎？我們可是靠自己的力量，從戰敗後的飢餓困境中奮鬥過來的。你們還敢說要振興經濟嗎？振興經濟可不是你們在國會或箱根的高級別墅裡說得冠冕堂皇就有用了，而是要靠每個國民辛勤工作，難道你是說我們這些連國家賠償的好處也沒拿到卻賣命工作的中小企業主該死嗎？日本都市的經濟振興可是靠我們辛苦奮鬥下來的呀。孝平氣得把報紙撕成兩半。那天，整個大阪市民被池田的荒謬發言弄得群情激憤。

「那傢伙下次要是來大阪，小心我把他丟進道頓堀橋下的河裡！」

「叫他跪在大阪車站前向大家賠罪！」

譴責池田失言的聲浪四起，就連這天夜裡法善寺小巷的酒店都在談論這個話題。

突然傳出妹夫梅園佳之自殺的消息。去名古屋的百貨公司談生意的孝平接到電報，趕到三津寺町的梅園家時已是深夜，佳之的遺體已被放進棺木。年子把四歲的女兒放在膝上怔怔地呆坐著，胸前的衣襟微微鬆開。年子不清楚佳之爲什麼帶回手槍朝自己的太陽穴開了一槍，就這樣自殺身亡了。佳之沒留下遺書，只在他南向的四坪大的起居室裡的垃圾桶旁找到一堆紙片。他用鋼筆在商用便簽上寫下：

我做了傻事。

這一行字筆劃細小卻顯得開闊。孝平霍然想起年子結婚那天，看到佳之站在住吉神社長簷微暗的走廊下的身影。佳之臉長皮膚白皙，雙眉濃黑，是個俊俏男子，但那微紅的唇色令孝平有些掛心。這讓孝平強烈感受到佳之個性的脆弱，在此之前他對這個準妹婿並不怎麼在意，從那時起突然變得放心不下。婚後，年子在婆婆去世的梅園家裡整天忙於家事，鮮少回娘家。偶爾回娘家，孝平問起佳之的近況，年子的回答總令人摸不著頭緒，她不是津津樂道地說佳之是個特別的公子哥兒，要不就是好像對某些事死心了。年子從小不拘小節，孝平也不便再追問，但心裡仍有些擔心。佳之是製造船場的老闆娘和大小姐沐浴後必定塗抹的美白霜「夢之花」老店的獨生子。他大學畢業後隨即應召入伍，也許是因爲父親向熟識的軍官說情的關係，他在內地的通訊隊擔任很長一段時間的內勤工作後，調往台灣再返回日本。雖說他曾在軍隊服役，卻從未有過大敵當前出生入死的野戰經驗。退伍返鄉的佳之，繼承了四代相傳的老店和大片土地。他的父輩不像殷實的老店商人，而是喜愛投機，並沒把做生意賺來的錢用於經商的資金上，而是一半當周轉金，一半購買土地，儘管祖傳化妝品事業沒獲得多大發展，但是戰後土地飆漲，意外地成了莫大的財產。佳之在戰後已然改觀的業界，即使不參與稍有疏失即關門大吉的激烈競爭，光靠賣祖產便能輕鬆過日子。不過，他年老的父親因顧及社會觀感，在佳之與年子結婚的隔年，勸他在心齋橋稍為往東的三津寺町的廢墟上重新開張。他在父親在世時沒犯下什麼大錯，父親去世後，便得意忘形地把以前的員工全找來。他原本就不懂生意，所有事情全交由父親那代起的掌櫃宮田處理。個性篤實的六十出頭的宮田工作勤奮，一到月底支付過應付帳款便說：

「老闆，這是今天賺的錢。」

把賺的錢全數交給佳之。然而，佳之從來不看損益報表，只懂得把鈔票塞進懷裡。他始終認為，自己不花吹灰之力，就會有人為他幹活賺錢。這種好日子不可能維持太久。一沒錢花用，他便板著臉亂發脾氣。

「宮田，快給我錢哪，如果是生意不好籌不出錢來，賣掉土地不就得了？」

掌櫃宮田神情凝重，略顯猶豫，佳之態度強硬地命令：

「這是我的土地，我要怎麼賣是我的自由！」

雖說佳之賣掉土地的錢並不是花在女人身上，但是一年到頭都花錢裝修家裡，要不就花在清元曲調的宴會上，過著以前大阪商人的豪奢生活。自小生活節儉的年子，看不慣丈夫的奢侈作風，口氣婉轉地說：

「這樣太浪費了，會現世報呢！」

「哼，我可不像妳那個學徒出身的老爸呢。我是含著金湯匙、在金錢堆上出生的，妳這個女人給我閉嘴！」

佳之氣急敗壞地怒罵道。宮田終於死心了。從佳之的父輩開始便是如此，默默地做生意，沒賺到錢就賣土地，欠缺做生意的資金便賣地補足，繳不出稅金也賣地。這個像舊時諸侯的敗家子，和無能只知盲從的掌櫃，不到兩年的時間，就把梅園家的土地全賣光了。

最後僅剩三津寺町的店鋪。爲此，梅園家召開家族會議，連續三天商討如何籌錢解困，而佳之只會青筋暴露開口大罵。其實，不僅要談籌錢的事，還必須對急速竄起的新式化妝品提出因應對策。不過，光是爲了如何穩住僅依賴部分花街柳巷的京都周邊的化妝品店，就是個頭疼的問題。一談到這個話題，佳之就煩躁不耐地說：

「這樣的話，我寧願把這間店的權利轉讓出去，我只要收權利金和房租就可以逍遙過日。」

佳之的做法辜負了親族對他的期待。不過，佳之所期待的承租人並沒有出現。因爲那些深知生意難做的商人，對那個沒有吸引力的老舊化妝品店，根本看不上眼。

第二個月，一個在北大阪的鬧區經營小鋼珠店姓野村的男子，在化妝品批發商的介紹下，上門來找佳之。

「我既沒有經營的能力，也沒有那種閒功夫，不如我借你錢讓你繼續經營，到時候賺的錢，我分六成你分四成，怎麼樣？」

佳之是個見錢眼開的人，看到對方如此慷慨出資，當然喜不自勝。他既沒跟掌櫃宮田商量，也沒徵詢親族的意見，當下就跟野村簽約。

佳之獲得野村的資助，試圖重振江河日下的生意，但是似乎無法挽回頹勢，因為新式化妝品已蔚為流行，他的反制已經太遲了。因此，每次經過梅園化妝品店，只見身穿結城綢和服、叼著菸的佳之坐在店裡，因為他們店裡賣的全是過時僅適合鄉下或大阪女傭用的大眾性化妝品。他的最大勁敵仿美國化妝品的美白霜大為流行。在此之前，只剩美白霜「夢之花」獨撐困局的梅園化妝品，在這種新式美白霜的攻勢下，簡直無從招架。因為，同樣是美白乳霜，有英文標示的產品，比較受到年輕女性的喜愛。梅園化妝品很快就被打得一敗塗地，所以毫不考慮便接受野村的資助，而資金不足便向錢莊借高利貸，甚至突發奇想打算推出「大阪式化妝品」。他因為太過躁進，根本沒仔細考慮到利息如滾雪球般越滾越多。

後來，佳之終於走投無路。他憔悴萬分，突然變得很有男子氣概地向年子表白：

「我已經走投無路，窮到都得賣掉庭院細砂還債的地步了。」

一開始佳之就被野村給騙了。野村表面上說是共同經營，無限制地借錢給佳之，其實是在等佳之無法繼續經營時，拿梅園的招牌去抵押。這顯然是最令佳之感到挫敗的地方。

「就算身上沒半毛錢，我也不能沒半點豪氣。今天，妳帶悅子和女傭去京都的御室賞櫻吧。」

佳之把妻子和孩子支開，拿起筆揮寫，寫錯了又寫，丟得垃圾桶都是廢紙，只留下一張類似遺書的紙片便自殺了。

孝平再次拿起那張紙片。

我做了傻事——佳之果然是個笨蛋。他既不愚蠢也不魯鈍，而是有傻子的特質。桶子有多少破洞，水就漏掉多少，佳之是個養尊處優的富家公子，這是戰前富裕的大阪商家第二代、第三代常有的特質。他們享盡榮華富貴，到了山窮水盡時，就只會做出傻事來收拾殘局。以後再也不會有像佳之那樣的公子哥兒了，因爲在今後世道無情競爭激烈的社會裡，不可能孕育出這樣的人。同樣是年輕老闆，我力求在嚴竣的競爭中存活下來——想到這裡，孝平不禁悲憫起自殺的佳之。

後來，梅園家的財產由親族處分。年子抱著四歲的悅子，向哥哥孝平懇求，希望取得浪花屋的分號做點小生意。

「這可不行哪，店裡的員工都得熬個十年才有機會另立門戶，儘管妳是我的胞妹，我也不能破壞這個規矩！」孝平斷然拒絕。

不過，爲了年子母子的生活，孝平在店家附近租了間房子，並叫年子到店裡幫忙，讓母子倆的生活能夠安定下來。

事實上，家道沒落的不只是像梅園佳之那樣的公子哥兒而已。新日圓發行後，許多老派商人也跟著沒落了。

經濟管制時期，在孝平加入的近畿昆布領貨公會擔任理事長的橫田就是其中之一。即使像當時在現場經常找孝平碴的大岩五郎，或是得助於政令和監督部門不勞而獲握有大把新日圓的商人，也沒跟上自由經濟的腳步。戰爭結束後，管制機關的幹部掌握到新日圓的同時，憑藉赤手空拳精神的大阪商人早已在市場奮鬥了。

好不容易從管制時代逃過劫難倖存下來的人，卻遭逢自年初起接連的股價波動，到了四月股市終於崩盤，創下戰後股價暴跌的新紀錄。持有股票的人，每到了收音機的股票播報時間便個個心神不寧。在經濟管制時期賺進大把鈔票拿去買股票的昆布業者，也紛紛中箭落馬，哀聲大嘆：

「我好不容易賺到的錢，這下子全泡湯了！」

在孝平看來，面對新日圓時代的來臨，本來就應該步步爲營。那些靠昆布賺錢的商人，應該把錢投資在昆布的買賣上才能創造利潤，而不能做買股票或信託等具風險的投資。正因爲孝平如此堅持，才沒困在這波襲捲大阪商人的股票狂跌的風暴中。

從春天開始，孝平身邊便發生佳之自殺，以及不少同業沒落衰敗的種種不幸事件，但孝平仍步步爲營，爲自己的事業打下基礎。在經濟自由化的時代，孝平踏出的第一步，稱不上氣派耀眼，但卻是堅定而穩健。

六月韓戰爆發，股票狂跌之後，景氣停滯的大阪市街又突然活絡起來。儘管部分原因是出於軍用品的大量需求，但喜歡好景氣的大阪人無不笑逐顏開。也不知市民從哪裡聽來這樣的傳言，為燠熱的大阪平添些許涼意的話題：

「前天東西產業的社長在灘萬的包廂裡大吃大喝，還說他實在高興極了，光是那天就賺了一億。看來景氣眞的很好，連花錢也變得大方起來呢！」

孝平在這波景氣裡，準備在秋天開設昆布加工廠。在這之前，有些昆布是在家裡代工，有些則是向靭中街的大千昆布批發商批來販售的，但今後他打算開設加工廠，把加工製造與販售一氣呵成，以確立自己的商品品質。

## 6

加工廠就搭建在店家後方的空地上，是個約二十坪左右的水泥磚牆建築。這個工廠談不上是砸下重金的宏偉建築，但因為是食品加工廠，必須格外注意衛生。當然，無論是店裡或住家都是簡陋的木造房。

母親千代和乃子有時會抱怨：

「昆布住在那麼舒服的地方，至少也給三千子蓋間浴室吧。」

孝平通常是去公共澡堂解決洗澡的問題。他覺得住家空間狹小，端看住的人用什麼心情看待，其實寬窄並沒有一定的標準。不過，昆布加工廠規模越大的話，自然就能做更多的生意。就連平常喜歡小酌的他，也都極力克制，把錢花在加工廠的興建上。

孝平特地向別所機械製造所訂製一台昆布裁切機。之前他製作細絲昆布都是用手工和機器兩種。所謂手工就是用齒鋸細緻的刨刀往原草昆布的表面輕輕刨削，刨出黑色細絲叫做黑板昆布，再往下刨出裡層的白絲叫做白板昆布。昆布裁切機出產於大正末期至昭和初期，跟現在精密的機器相比，簡直像玩具一樣，刨出來的昆布，比手工製的品質還差，口感也不好。話說回來，現代的精密機器與手工相比，產能好太多了。通常手工一天至多只能刨出兩貫左右，而且還必須由具有五、六年昆布加工經驗的師傅才能勝任。改用精密機器的話，只要把原草昆布對齊壓平送入輸送帶，一天就能刨削四十貫。

孝平想充分利用機器的效率來生產一般的昆布加工品，同時也想藉此做出品質優良的產品。問題是，機器生產的昆布口感不佳。於是，他特別把昆布搬到別所機械製造所，請老闆設計如同薄細刨刀可刨出昆布絲的機器。由於昆布裁切機構造簡單，而且使用者不多，所以沒什麼改良，因此一向機械製造所委託製造，很快就改良出令孝平滿意的高性能的機器。那機器刨削出來的昆布絲，乍看之下，根本分不出是手工還是機器加工，而且口感柔和，只是仔細品嚐，仍是手工的口感較佳。這麼一來，就可以把手工製的做爲高級品高價賣給識貨的客人，機器製的則做爲一般食品以手工製的三分之一的價錢銷售。這對孝平來說，可說是喜從天降。

開設加工廠的同時，孝平也考慮擴大商品的銷售管道。自昭和二十三年秋天開店以來，除了自家的店之外，其觸角只到大阪的五大百貨的食品區而已。從銷售這方面來看，他幾乎沒有超越父親那個時代，只是倚靠傳統悠久和龐大組織的百貨公司而已，根本算不上是自己的才幹，也沒去嘗試挑戰。此時，有人向孝平捎來好消息。

此人就是孝平念商科大學的同學森山。森山主要是經營電力鐵道，並兼任大都百貨的經理。大都電鐵是規模龐大的公司，從大阪車站的大門到神戶、蘆屋、尼崎等鄰近都市，以及高級住宅區和工業區，都有它的鐵道經過。雖然它在大阪車站的地下一樓和地上五層樓經營百貨公司，但平心而論都不是走高級的路線。大都百貨的現任經理們認爲，百貨公司設在大阪車站可說是佔盡地利之便，業績不可能不好。以大都電鐵和百貨公司整體來說，因爲電鐵方面非常賺錢，百貨公司不致於會出現經營困難，但相對於積極開店拓展市場的阪急百貨而言，眞的不是對手。它既不像阪急那樣把重點放在百貨業，而且在戰後經營百貨公司的時間點上又嫌太遲，現在才想急起直追，時機有點不對。儘管如此，大都電鐵仍希望在大阪做點有特色的事業。森山提出這樣的建議：

「你們家是老字號的昆布店，認識許多食品相關的老店，若能把大阪的老店全進駐到我們百貨公司，肯定會引起話題。至於如何企劃和經營，我們絕不囉嗦。一樓靠西側還有一百坪就借給你們，你們想怎麼做就怎麼做。」

由於這是年關將近提出的構想，孝平默默地到大都百貨提供的約百坪用木板隔著的場地察看。不久之前，那裡曾是大都電鐵的工會會所——原來如此，雖說場地免費，但我們也不能虧損。勞資關係在二次大戰以後改善許多，原本工會掛在電鐵車站內正面的大幅標語不知移到何處，原來森山是打算把那地方騰出來給老店使用啊。孝平為森山的妙策感到佩服。這個地點很好。它是大阪著名的車站，與國鐵大阪車站和阪急電鐵相望，人潮從不間斷。從辦公大樓區搭往郊外電車的上班人士，都會經過大都百貨進入車站。而且，據說最近由於大阪車站前的停車場非常擁擠，打算把部分停車場移到大都百貨前面。為了確認是否眞有其事，隔天，孝平到大阪的交通課詢問，果眞有此計劃。孝平不懂之前那個地方爲什麼會被閒置那麼久，大概是因爲這規模龐大和資金雄厚的公司錢多得用不完吧。

開春後不久，孝平便把大都百貨的提議告知各家老店。他們一開始大都認爲那只不過是把許多老店集中在百貨的特賣場，會給人賣廉價品的錯覺而裹足不前。然而，他們也發現二次大戰後，大阪的鬧區集中在南北的車站附近，一般人很少到較遠的船場和島之內的老店街購物。儘管是幾代相傳的老店，如果還只是一成不變地待在祖先的發祥地悠哉地做生意，很快就會被瞬息萬變的時代淘汰。

就在提議的當月，老店們終於得出共識，決定把總店留在船場或島之內，但有必要到車站的百貨公司開店。於是龜屋生菓子、小寅魚板、三河屋羊羹、壽千屋壽司、大白小米餅等十八家大阪著名的老店全數到齊。大都百貨在一樓隔出一百坪的區域，並取名爲「大阪老店街」，分成十八個攤位設立櫥窗，各掛起自家的布招。當然，掛上去的布招是仿以前的重新染製，但是無論是新舊布招，都有著孝平幼時的回憶。每次看到那塊布招，店未被燒毀前的樣子，便自然浮現在孝平的眼前，連吃日式點心的味道都印象深刻。他回想起父親生前說的話：總有一天，你們會瞭解和感謝商號的重要啊！

大都百貨的幹部身段柔軟地向老店的老闆們寒暄。主動向孝平提出這個構想的森山，拍了拍孝平的肩膀說：

「謝謝捧場啊，這肯定會造成莫大的話題，從不到外頭來的大阪老店的布招居然齊聚一堂，當然會引起轟動。要是能掀起廣大的話題，不賺錢才怪呢！我們已撥出預算要好好地大做廣告。」

這些老店以集體而快速的方式進駐車站的百貨公司，出乎意外地成功。同樣的食品，在老店街買比其他百貨公司的單價要高出許多，這成了大都百貨的最佳廣告。

孝平鑑於「大阪老店街」的成功，開始著眼在車站的百貨公司開店。一聽到地下鐵延長到哪個車站，或郊外電車可能移至什麼新地點，他便馬上實地勘查，連續兩、三個鐘頭站在同個地方，仔細觀察交通流量和人潮朝哪聚集。他直立在十字路口，交通警察頻頻向他示意離開，他都沒有察覺。他的眼裡只有車輛和人潮。交通警察大聲斥罵地跑來抓住他的肩膀時，他還自言自語：「嗯，這個地點適合開店。」氣得交通警察目瞪口呆。

弟弟忠平依舊在店裡堅守崗位，他擔心孝平太執著於在車站內開店，偏偏百貨公司又釋放出這樣的訊息——那就是進駐東京的百貨公司。

東京的東橫百貨希望在店裡設立關西老店名產的專櫃，孝平聽到消息，旋即趕往東京。乃子生第二胎的產期近在眼前，婦產科說這次很可能生下男嬰，孝平在醫院只待了一會兒，便匆匆離去。

孝平搭夜車抵達東京車站後，立刻趕往涉谷。早上八點多的涉谷車站內，全被從搭乘山手線、東橫線、玉川線、井之頭線電車吐出來的通勤乘客擠滿。乘客像手扶梯似地往前移動。孝平站在車站內的垃圾桶旁，一面看著在東京車站買來的東京都內地圖，一面觀察熙來攘往的人潮。東橫百貨比涉谷車站來得寬廣。孝平對這裡龐大的交通流量，以及與大阪鬧區不同的發展方式感到新奇。大阪的車站百貨公司底下最多只有三線私營鐵路，雖說沿線住的大都是上班階級或資產階級，但從涉谷車站成放射狀延伸出去的沿線居民的生活圈似乎比大阪要廣得多。大阪沒有如此大規模的地方——這讓孝平爲之心動。他心想，若能在這裡販售大阪的昆布，就值得開店了。

然而忠平強烈反對。

「以前人們常說大阪人吃昆布，東京人吃海苔。在東京人看來，昆布是便宜貨，老東京根本不吃這個東西。你不要高興得太早，東京還是不去的好。」

「以前確實如此，可是戰爭開打之後，情況就不同了。戰爭期間政府實施經濟管制，無論是東京或大阪都是按人口比例配給昆布。在糧食匱乏的時代，老東京也顧不得好吃或難吃，結果，他們吃到配給的昆布時，覺得非常美味，於是戰後有些老東京喜歡上昆布的風味。」

「哎呀，這是你一廂情願的說法，東京商人才不會把昆布當成上得了檯面的食品呢！」

「沒這回事。」

「不，他們就是這樣，昆布只是他們一時的備用品。他們總是先把頂級的蝦子和干貝等海鮮裝瓶做爲禮品專用，不夠的話再以廉價的鹽味昆布充數。簡單說，昆布只是拿來湊合著用。哥哥，你該不會是想專程去東京給人看笑話吧？」

「那是戰前的情況啦。你回來之後因爲沒去東京，所以不大瞭解東京人的購物習性。你若看過人山人海的涉谷車站，自然就會想進軍東京。我可不是像學徒般盲目躁進，而是充分評估過才做的決定。我一定要率先到東京賣昆布！」

先行返回大阪的孝平，強烈反駁忠平的看法。忠平仍不以爲然，不無感到質疑，但也被哥哥試圖建立新大阪商人形象的強烈奮鬥精神打動了。這就如同男人必須不斷找尋新目標，否則會失去幹勁一樣，忠平終於同意哥哥的做法。

翌日起，孝平思索著如何在東京打響名號。他絕對要做出最高級的昆布，征服東京人的味蕾。東京人有沒有吃昆布的習慣或傳統都無所謂。現在住在東京大雜院的主婦都能分辨海苔風味的好壞，只要做出絕佳的昆布，她們就能像品嘗海苔那樣品嘗昆布，孝平把算盤放在旁邊，一心想製作出最高級的昆布。

孝平決定用鹽味昆布進軍東京。東京深諳美食和茶道的人很多，愛好風雅的品味，以鹽味昆布做茶點應該會受到喜愛，孝平因而特別挑選了北海道尾札部產的元揃昆布。說到鹽味昆布，人們總認爲是加工過、用普通的原草昆布趕製出來的東西，但是孝平選了最頂級的原草昆布來製作。他把原草昆布切成一寸見方，比普通的稍大些，然後放入滾沸的醬油鍋裡泡漬，用上好的鋸屑當燃料，再以文火熬煮十個小時。要煮得是否恰到好處，全看醬油和昆布的比例，還得一面攪拌一面仔細控制火候，換句話說，必須讓鋸屑燃起的文火均勻地燒及鍋底才行。

孝平沒有把這個工作交由師傅去做，而是整天守在鐵鍋前，頻頻斟酌火候，或品嘗熬煮得咕嘟咕嘟作響的鹽味昆布的味道，只可惜不是太甜就是太辣，失去昆布應有的風味，情況不盡理想。到了第六天，孝平氣得渾身發抖，把整鍋熬煮好的鹽味昆布倒在全身沾滿醬油的師傅腳下：

「這種東西拿到東京，還能說是大阪的昆布嗎？」

晚上十點過後，孝平再次找來師傅，把原草昆布逐條切丁，然後放入鍋中泡漬熬煮。他整個臉湊在灶口前，一面觀察火候，一面用大杓子均勻地攪拌，接著把文火弄得更小，就在他全神貫注不讓昆布燒焦的同時，一股柔和的醬油味撲鼻而來。

「看來這費功夫的東西，這次應該沒問題了。」

孝平把一頭醬油味的疲憊身軀靠在堅硬的椅子上。隔天早上，他掀開鍋蓋嚐了嚐，終於熬煮出保有原草昆布風味又富有彈性、口感極佳的成品來了。

「怎麼樣，這鹽味昆布好比桃太郎烏黑的頭髮吧，東京人吃了，保證頭髮烏黑亮麗呢！」

說完，他直奔二樓，彈了彈正在換尿布的新生兒朝太郎的陰莖，開玩笑地說：

「你老爸可是個很了不起的菁英商人呢！」

接著，他撥了一下算盤，十兩五百圓的鹽味昆布誕生了。

「哥哥，不行啦，太貴了。」忠平把算盤放在面前，拿著鋼筆在桌上敲了敲。

「一點也不貴啊。」

「我們初到陌生的東京做生意，東西得物美價廉才行。現在用上等的鋸屑當燃料成本太高，改用瓦斯的話，只要兩個小時就可熬成，價格也可減一半哪！」忠平始終堅持大阪典型的薄利多銷的做法。

「這可是進軍東京的金字招牌。推出這種令人刮目相看的昆布，即使價格貴了些，也是理所當然。只要老東京覺得好吃，才不會斤斤計較那兩、三百圓呢。」

「大家都窮得見底了，哪有什麼老東京不老東京。再說大阪最有名的牛重的頂級裏脊肉片十兩才五百圓，而鹽味昆布十兩賣五百圓未免太貴了。」

「牛重賣的牛肉，和浪花屋的昆布是兩回事。牛重牛肉店要賣十兩五百圓或六百圓，都跟我們沒關係。所謂人各有所好，有人喜歡吃壽喜鍋，有人愛吃高雅的鹽味昆布，各不相干，對價格的看法也不同。」

孝平咬著被染成醬油色的指甲，反駁忠平的看法，不過這次忠平不肯讓步，因爲這關係到成本，而且一推出，品質和價格不是想改就能改。忠平對哥哥急於進軍東京的做法始終不肯妥協，每天見面便爲價格的高低爭吵不休，無法得出共識。

此時，大阪的大街小巷都在談論大丸百貨進軍東京的事。

「這次好像是玩眞的喔，而且是要去東京車站前開店呢。既然要到東京打天下，我倒希望他們幹得轟轟烈烈。大丸要進軍的話，大阪本地的三和銀行和住友銀行應該會同意貸款吧。我打算這陣子都跟大丸光顧呢。」有大阪人這樣支持大丸百貨。

在大阪人如此熱情的支持下，大丸百貨的營業額出現了大幅成長。不過，孝平最想知道的是，大丸到底要用什麼策略與三越、松坂屋、白木屋等資金雄厚的大型百貨對抗。就在此時，孝平從食品區的水川課長那裡聽到一則消息，因而下定了決心。他聽完這則消息，草草地打招呼之後，便飛快地趕回家。

「忠平，我已經決定了。剛才我從課長那裡知道大丸進軍東京的策略了。聽說大丸的社長在某次聚會遇到東京的工商界大老赤澤定雄，赤澤先生問他大丸打算怎麼打入東京的消費市場？社長回答，大丸賣的當然是物美價廉的東西。赤澤先生說，在東京，大丸必須是個東西賣得再貴別處也買不到的百貨公司才行。我最想確認的就是這一點。如果浪花屋賣的昆布是其他店無法取代的話，價格貴了些也沒關係吧。」

孝平滔滔不絕地轉述剛從水川課長那裡聽來的一席話。原本持反對意見的忠平，從赤澤那番平凡的談話中，也感受到其敏銳的商業直覺來。而且從學生時代開始，他便非常景仰和敬佩赤澤的論點，這大大地左右了他的看法。孝平把十兩五百圓的最頂級的鹽味昆布取名爲「磯菊」，做爲浪花屋進軍東京的金字招牌。

## 7

孝平帶著鹽味昆布「磯菊」和浪花屋的店招到東京開店了。他只帶著最資深的店員岡本上東京，然後在東京另請三名員工。

在東橫百貨靠東的角落，約六坪左右的賣場，是孝平初到東京的據點。新染的印有浪花屋字樣的店招給人清新的印象。初到東京開店的孝平顯得有些緊張，他站在陳列「磯菊」的櫥窗前，親自招呼顧客。一有顧客上門，他不讓岡本和其他新店員趨前，而是親自包裝昆布，連聲說道：

「感謝您購買大阪浪花屋的產品，請再次光臨！」

有顧客上門，他總是親自招呼，身段柔軟地向客人致意。顧客對老闆如此殷勤的態度，無不印象深刻，連當地雇用的員工都對老闆堅毅的創店精神大為嘆服。

孝平進軍東京的眼光是準確的。因爲二次大戰之後，關西人大量移居東京。此外，許多關西文人受到東京知識階層的知遇與提攜也是事實。「磯菊」在報紙和美食雜誌隨筆的介紹下，聲名大譟，尤其偶然掀起的美食風潮更是替孝平帶來許多好處。連平常不講究美食的人，都想買雜誌一睹美食專家讚賞「磯菊」的精采文章。有美食專家的盛讚，民眾自然想買來品嘗。經過這樣的推波助瀾，「磯菊」的愛好者越來越多，訂單如雪片般飛來。大量訂單湧至是件好事，不過手工製的「磯菊」非常費時，一天最多只有三貫的產量。加上物以稀爲貴的心理，欲購者更是絡繹不絕。

初到東京開店，孝平抱著短時間內不虧損就好，打算長期抗戰，結果竟然首戰告捷。開店三個月來，孝平神經緊繃，頰骨凸出、臉色憔悴，可喜的是，這裡每天的營業額高出大阪店許多。這讓孝平重新看待東京與大阪消費人口差距懸殊的事實。

孝平一坐上開往大阪的列車，整個人累得癱在座位上。幸好旁邊的座位空著，可以讓他躺下來。這是他退伍返鄉以來初次坐二等車廂。也許是因爲假日的關係，「燕子號」列車出乎意外地冷清。他將頭靠在扶手上，雙目緊閉，試著放鬆心情，打算一路睡到大阪，但實在太疲憊了，怎麼都睡不著。這三個月來他總是繃緊神經，即使想放鬆，也無法馬上放鬆，反而令他回想起昭和二十一年夏天返鄉以來的種種辛苦。那牛馬般辛勤奮鬥的六年；他每天揹著昆布到神戶的黑市兜售、到領貨工會上班、在日本橋開店、開設加工廠、到大都百貨的大阪老店街設櫃、進軍東京開店——想到這裡，他彷彿看到了自己疲憊至極的臉龐。他才三十五歲，看起來卻像四十出頭的中年人。孝平身材高大，寬廣的額頭上已經出現老人般的斑紋。他的眼睛像母親千代又圓又大，不時因爲疲勞佈滿血絲。他經常工作到筋疲力盡，彷彿只要稍爲躺下便累得起不來。也沒時間跟學生時代的朋友暢飲，只能一個人坐在五香串菜店裡喝酒，即使是生意上的應酬，也不是上餐館或召妓遊樂的酒館談生意，這六年眞的是如馬跑燈轉個不停。如今，在東京開店，終於有了盈餘……。孝平大大地嘆了口氣，眺望窗外的風景。不知不覺列車正要經過靜岡。在晚秋清澄的天空下，蓊鬱的群山顯得份外青翠。他從未看過如此秀麗柔和的山巒，仔細看還可看到艷陽下的山間處裸露的黃土。他將視線轉回車內，調整姿勢，攤開雙腳，靠著椅背坐直起來。此時他猛然思念起這三個月來住在冷清宿舍時也不曾想起的家人。他彷彿感受到五個月大的朝太郎和三歲的三千子躺在他懷裡依偎的溫度。六十五歲的母親千代、勤快的乃子，和個性正直的忠平，他們的身影不斷從腦海掠過。列車來到濱松附近，與一列上行的快車會車，車廂上標示II和III的數字飛快地掠過。哈哈，我們的店也終於從三等車廂升爲二等車廂，接下來就等著到立賣堀開設總店了。這是他坐上列車之後，初次露出開朗的笑容，然而他的腦海又馬上浮現持反對意見的忠平，難得的笑容消失了。他只好壓抑這激昂的情緒，從大阪車站坐計程車返回家裡。

「哥哥，辛苦你了，那邊做得蠻好的嘛。」忠平溫和地慰勞。

「想不到生意出奇的好，還有盈餘呢！明天開始每天早上起床都要向東京遙拜。」孝平說道。

忠平以爲哥哥在開玩笑，沒想到孝平翌日早晨起床漱洗完畢後，便叫全體員工朝東京店的方向欠身遙拜。

昭和二十九年十月，大丸百貨決定在東京開店，供應商聽到消息後，無不興奮緊張地準備打進東京店。

其中有的透過各種管道找關係，有的無論花多少錢也想佔有一席之地，無非就是想把自家商品賣到東京店。其實許多供應商都有自知之明，單憑他們個人的力量，絕對無法在東京開店，只能依附在大企業的羽翼下求發展，然後等待時機在東京醒目的地點開店，這是他們的精打細算。問題是，大丸放棄之前所有的做法和管道，而是挑選名門老字號做爲開店的伙伴。

獲邀前往東京開店的老字號，個個彷彿向東京商人下戰帖似地幹勁十足製作自家產品。有些店家突然接到訂單，接連四天熬夜加班，趕在開幕當天用空運把商品送到。就在把貨品寄去的當天，舉行了供應商聯誼會，著名的駒江味噌五十出頭的老闆霍然站起來，激昂地說：

「我們簡直就像扛著軍官旗的東征軍，今後我們要團結起來支持大丸，非成功不可啊！」

看在別人的眼裡，也許會覺得這些供應商荒謬可笑，但在孝平看來，這就如同藝術家有著對藝術的傻勁，而工匠有著工匠的熱情一樣；這樣說來，大阪商人天生就有做大生意的傻勁。他們那看似未經深思熟慮的勇往直前的冒險性格，正是他們闖蕩事業的最大原動力。而孝平在大丸的東京店販售的「磯菊」，的確在進出東京車站的顧客之間打響了名號。

孝平在大阪甚少上餐館、酒家應酬，而從這時候起，他不但出手闊綽進出東京的花街柳巷，還時常在新橋和柳橋洽商設宴。他每次總是提著「磯菊」，比客戶早三十分鐘到達，親自把「磯菊」送給老闆娘和藝伎。

「喏，這可是我們大阪的特產呢！」

孝平認為，初到這陌生的環境做生意，花街柳巷是個不錯的洽商場所，只要在這裡盛大宴客，與客戶洽談便容易得多。此外，還有重大的收穫。他把店裡賣得最好的「磯菊」送給老闆娘和藝伎，經她們口耳相傳正是最佳的宣傳方法，而且赴宴的客人都是大有來頭。他就是抱持這樣的想法，才不惜花大錢宴請客戶。

「您花錢花得太兇了啦！」店裡的會計師搖頭嘆息地說。

每次收到餐館和酒家寄來的帳單，忠平總是板著臉，緊緊地看守金庫，抱怨地說：

「你爲什麼輕易就把辛苦賺來的錢花掉呢？」

「我不是隨便花錢，而是經過仔細的盤算。我現在花十塊，將來會回收十五塊。」

「那你爲什麼不花五塊回收十塊呢？」忠平神情微怒。

「唉，別爲這種小事爭吵嘛。花十塊回收十五塊，跟花五塊回收十塊，表面上都賺五塊沒錯，可是意義和影響不同。你所說的花五塊，終究只是五塊而已，而我花的五塊，將來可能回收八塊或十塊。你若不能看出這一點，也就不可能成爲大商人。」

孝平丟下這句話，回到東京之後，馬上又趕到常光顧的餐館和酒家設席宴客。

他在新橋設宴招待客戶，談起生意意外地順利，於是乘興趕到箱根的宮下。他用手巾捂著一臉醉意的頭，從浴池出來，老闆娘便恭敬地招呼：

「您是浪花屋的老闆嗎？貴店的『磯菊』我們可是視爲珍寶呢！」

這時，孝平忘了自己是客人，反而向老闆娘跪坐伏身地說：

「感謝您的惠顧啊！」

其實，他在心裡暗暗叫好：這就是我說的花街柳巷是最佳的宣傳管道，藝伎與客人狎玩時，都會免費替我宣傳呢。

生意一帆風順慢慢建立自信的孝平，又接到更令人振奮的提案。

六月初，座落在歌舞伎座、大阪劇場、電影院、餐廳和酒廊等南大阪鬧區中心的攝津會館落成了。聽說這棟地上四樓、地下一樓豪華氣派的樓廈，預計把地面的四個樓層做爲電影院、脫衣舞和歌舞團的劇場，地下樓則做爲大阪老店街。孝平聽到消息，馬上答應進駐設店，根據他以往的經驗和理念，只要老店選對人潮聚集的地方推出精緻店鋪，必能吸引顧客青睞。

這棟樓裡的每個地方都佈置得熱鬧非凡，還特別在手扶梯兩側的透明壓克力板上鑲嵌裸女圖，藉此招徠顧客到地下樓的老店街。開幕當天，館方請來松竹少女歌劇團的明星，和千日前劇場相關的演員來炒熱氣氛。高大微胖的孝平身穿薄質的深藍色雙排釦西裝，胸前繫著大朵的紅色假花，一派威嚴地站在接待處。他一看見熟朋友，便得意洋洋用開玩笑的口吻大聲招呼，而心裡則是編織著賺錢的美夢。

剛開幕，手持招待券和禮品券的民眾蜂擁而至。連坐在路面電車和公車裡的乘客每次經過這裡便好奇地探出頭來，望著那棟名聲響亮的攝津會館。不過，這種熱度沒維持多久。三個月後，只有閒逛的民眾和小孩搭乘嵌有裸女圖的手扶梯上下遊玩而已，始終沒有顧客上門。只有角落的彌榮飲食部生意最好，經常客滿。這是因爲一般民眾認爲，與其花同樣的錢在鬧區不乾淨的餐館吃碗便宜的雞肉蓋飯或咖哩飯，還不如到有手扶梯、冷氣的大樓裡的食堂來得舒服。以娛樂爲主的民眾，大都是看場一百五十圓的電影後，吃碗一百圓的咖哩飯就回家，很少走到高價位的老店街。老店選在大阪首屈一指的鬧區和人潮聚集的地方開設精緻店鋪，策略上並沒錯，但失敗卻也是事實。

業績理應很好的孝平的店裡，有時一天只賣出三十兩白板昆布，而且他後來才知道，部分營業額還是剛來的女店員因爲生意太差自掏腰包購買補上的。

「妳眞是蠢哪！東西賣不出去是我的問題，妳不必這樣擅作主張嘛！」孝平斥責年輕女店員。

孝平扣掉營業額和昂貴的租金，一個月約虧損八萬圓。這虧損不算小，但是他絕不輕易示弱，因爲他是率先第一個鼓吹參加，同時也是老店街的委員。

一年之後，老店街的虧損越來越嚴重，照這樣下去，只好全面停業別無他法。有幾家同時進駐的老店叫苦連天：

「唉，太慘了，一忽眼的功夫就虧了一百萬圓，我撐不下去了。」

在孝平看來，做生意本來就有賺有賠，一年虧個一百萬圓就打退堂鼓，實在是有失老店的面子！於是他緊急召開委員會。

「現在雖然虧損一百萬，但是各位何不再拿出一百萬把生意做起來呢？我們老店街大張旗鼓成軍才一年就喊停，未免太丟臉了。」

孝平極力說服在場的供應商，只要有這些老店進駐，生意不可能不會好轉。經過兩個小時的磋商，結果有二十家供應商願意再拿出一百萬力挽頹勢。

然而，情況依舊沒有好轉。傍晚時分，來查看自家業績的老闆們，個個無不愁眉苦臉。有些心胸狹小的老闆，把怒氣出在看店的員工身上，看到孝平便厭惡似地扭過頭去。孝平望著冷冷清清的賣場，決心要讓這地方起生回生。

就在此時，他與學生時代打美式足球的朋友西島基治不期而遇。

「喂，孝平啊，你在忙些什麼呀！怎麼都沒跟我們聯絡呢？」

西島雖是中等身材，穿上西裝仍不難看出他打過美式足球的結實體格，其西裝的左領別著五大廠商之一的某某紡織的公司徽章。

「我忙著做生意，實在沒時間跟你們聯誼。好久不見了，我們到飲食部喝杯啤酒邊聊吧。」

孝平與他走進賣場附近的彌榮食堂，面對面坐下之後，西島以學生時代的口吻說道：

「聽說你滿腦子只想賺錢，這樣一來，你豈不只是一個普遍的昆布商嗎？你那商科大學畢業的知識分子商人的精神呢？」

「嗄？我是知識分子商人？知識分子是什麼呀？」

「哎呀，你這麼問，我也不知如何回答……簡單地說，就是一種不敢面對現實、害怕面對人生的軟弱態度吧。」

「如果是這樣，那我可不是知識分子。因爲我早就沒有那樣的脾性了。生意人若是那種性格的話早就垮了。我做生意向來獨來獨往，也只能這樣幹下去。」

「這樣的話，豈不是跟你店裡的學徒沒兩樣嗎？」

「是啊，大學畢業生當學徒，不就是大阪商人有趣的地方嗎？不管是念經濟還是商科的畢業生，只要穿上厚司布服，繫著圍裙站在店招前面，與其說是去想這個問題，還不如說是自然而然就會湧現出商人的本色。大阪這個城市就是有這股神奇的力量，輕易地就能催生出這種商人精神。」

孝平和西島接著喝第二瓶啤酒。

「哎呀，你大概喝醉了，才會這樣自以爲是地塑造理想的商人形象，教養對你來說……」

「教養？談教養我可不輸人。要說學徒精神的話，沒有學識的學徒精神，以及你所說的知識分子商人的學徒精神可完全不同。現在，我周遭幾乎全是學徒或掌櫃出身的商人。那些人可不是省油的燈，就算跌倒也不忘順手抓起一把砂，爲了賺錢赴湯蹈火在所不惜，滿腦子都是做生意。有些商人甚至指鹿爲馬也要把生意騙到手。不過，即使我再怎麼艱苦，也不會用卑劣耍詐的手段賺錢，而是會用傳統的學徒精神，也就是擬定合理計劃和縝密的判斷，努力苦幹。確切地說，這就是大學畢業生的學徒精神。」

孝平一面喝啤酒一面滔滔不絕說話的同時，心想：這些話要是被那些厚顏無恥的傢伙聽到，肯定會笑我懦弱。想到這裡，自己也覺得好笑。

「喂，西島，我們彼此都有知識分子的臭味，何必五十步笑百步呢？不必拐彎抹角說這些奇怪的問題。今天晚上我們喝個痛快，我先帶你去一個地方。」

一開始，孝平帶西島到法善寺小巷的五香串菜店。

「噢，你喜歡五香串菜店嗎？酒量如何？」

「我一個人能喝四、五瓶。生意忙碌的時候，我喜歡在這裡喝幾杯，然後去看晚場的西部片。」

「西部片那麼好看嗎？」

「嗯，它是最佳的頭腦體操。尤其疲累的時候看西部片，精神頓時爲之一振，日本的武士片就是不夠刺激。」

「哦！你平常不看書嗎？」

「唉，別提這個了，今天只管喝個痛快。」

喝了四、五瓶溫酒之後，西島站起來說道：

「接下來到我的地盤去吧，就在北邊。」

他們坐上計程車，經過梅田新道的十字路口，來到初天神的後面。那是一間有四、五名陪酒小姐的小酒店。他們各喝了兩杯高球杯，孝平對西島說：

「喂，想不想看我抱擒的技術啊？」

話音甫落，孝平旋即伸手摟住一名十八、九歲體態豐盈的小姐的腰，順勢把對方按倒在沙發上。

「啊！」

「妳的叫聲眞好聽，叫一聲多少錢啊？」

孝平一面摟起陪酒小姐的腰枝，一面從口袋掏出五百圓鈔票塞進她的手裡。西島拍手大笑，孝平難得又恢復學生時代那般狂放不羈。接著，他們又到兩、三百公尺遠的酒店，那老闆娘長得酷似電影明星原節子。在那酒店見識過美麗的老闆娘之後，他們都喝得有些醉了，等回神的時候已來到北大阪，之後又折回南大阪新町的酒家，與乏人問津的老藝伎打情罵俏喝了一會兒，西島已醉得一塌糊塗。

「搞什麼鬼呀！酒量居然這麼差，如果沒辦法扶你回去，我今晚也只好留在這裡了。再給我一瓶酒。」

孝平就這樣在酒家過夜。

攝津會館的老店街召開第一次緊急會議時，供應商各拿出一百萬圓的解危基金，半年之後，情況並沒有改善。這次要求停業的聲浪格外強烈。在關西以批發袋子聞名的安田針線鋪的老闆，在會議開始之前便先發制人：

「浪花屋，這次任憑你舌燦蓮花，我們也絕不聽你的。你還不到四十歲，而我們已是五、六十歲的人了，頂多只能再做個十年、十五年，奮鬥到現在好不容易才賺了點家產，可禁不起這樣胡亂冒險。要是整個身家財產這樣賠垮了，我們死後哪有臉見列祖列宗啊！」

孝平看到他以年齡要脅，心想，這回他們不可能願意再掏出一百萬圓，只好打消這個念頭。

「好，我瞭解你們的立場。不過，請給我們一、兩天的時間，讓我和末廣、清水、大谷三人一起收拾善後。」

孝平選了跟自己同齡的大約三十五、六歲至四十歲出頭的年輕老闆處理善後。末廣是瀨戶物町的陶瓷店、大谷是八幡街的五金行、清水則是左野屋橋的和服店老闆，他們都是老字號的第二代。那些年長的老闆，可能覺得收拾善後費時又麻煩，對孝平的提議，居然輕易地點頭同意。

翌日，孝平和末廣、清水、大谷協商後，便開始四處奔走。他們四人光是一天的計程車費，就把皮夾的錢給花光了。由於那時正值中元節的忙碌時期，忠平從總店三番兩次打電話到各店家詢問，就是找不到孝平，氣得他直想把話筒砸碎。

「他又跑什麼地方鬼混了！」

不過，孝平是在爲處理善後奔波。

孝平一行人先到三和銀行尋求貸款，但是遭到委婉拒絕，因爲銀行方面早就知道攝津會館老店街的實際狀況。在他們看來，這群向來精打細算的商人，竟然繼續做這種沒希望的生意，未免愚蠢至極。孝平等人也前往拜會住友銀行、協和銀行，但結果都一樣。尤其在資金套牢的時候，只憑老店的威望，銀行是不會點頭同意的。孝平焦慮地對銀行高層說：我知道貴行的想法，但話說回來，即使是在商言商的大阪商人的我們，有時也會撥錯算盤，明知道這是賠錢的事，有時也得咬緊牙關繼續撐下去呀！

陶瓷店的末廣和五金行的大谷，累得渾身是汗，神情疲憊地說：

「孝平，你再怎麼懇求都沒用，我們回去吧。」

約莫一星期的時間，他們找遍有可能貸款的銀行洽詢，可是都得到同樣的答覆：

「在那種冷清的地方，就算你們是著名的老店綁在一塊撐個一年半載，生意就是做不起來呀！」

原本最有毅力的和服店老闆清水都感到沮喪，就連孝平也慢慢失去了信心，但他還是不服輸，認爲還有最後一搏的機會。

孝平最後想出一個主意：在同個地方，用同樣的方法重起爐灶似乎有困難，要在大阪首屈一指的娛樂區做生意，就要找深諳此道的專家才行。

孝平四人被委任處理善後，匆匆過了一個半月，又召開一次緊急會議。那天自傍晚起，天空乍然下起傾盆大雨，但是二十位左右的店家老闆，於開會的前三十分鐘便已聚集在攝津會館的會議室。末廣率先站起來發言：

「我知道這樣說可能會被各位前輩斥責，但我已做好心理準備，我們衷心期望大家再撐下去。」他說完，深深鞠了躬。

「說什麼鬼話嘛！我們花的冤枉錢還不夠嗎？」

「你們幾個年輕人根本是胡搞，趕快給我滾！」

「你們是打算讓我們大阪的老店經營不下去嗎？」

激烈的斥罵聲迎面劈來，坐在後面的店家老闆個個激動得正要站起來時，孝平趕緊安撫他們：

「請各位前輩先冷靜一下，這樣鬧哄哄的，原本可以財源廣進的好事都給吵飛了。我這次引薦的絕對是穩賺不賠的生意。今晚要跟各位分享這個好門道的，就是坐在我旁邊的八島娛樂事業的荒卷社長。」

「那又怎樣！」

「有話快說有屁快放，講話不要拖泥帶水！」

催促聲四起，孝平大聲說道：

「荒卷社長是目前正在流行的只需五十圓門票即可觀賞經典名片和新聞短片而聲名大譟的創始人，現在可說是賺進了大把鈔票呢。有趣的是，道頓堀和北大阪的車站大樓，像這種戲院非常多，唯獨這邊的鬧區卻少得可憐。荒卷社長很早以前就屬意在這附近開設戲院等娛樂場所，所以他希望租下老店街騰出後的空間做充分利用。」

孝平語畢，在場的人不約而同朝八島娛樂事業的荒卷社長瞧。荒卷社長五十二、三歲左右，穿著米黃色的夏季雙排釦西裝。他個子不高，但身材結實，脖頸粗短，臉頰圓潤，眼神銳利。也有店家老闆站在後面打量荒卷社長。孝平繼續說道：

「所以我們希望各位再拿出五十萬圓，籌出一千萬的資金，把現有的空間裝潢成播放經典名片的戲院，由八島娛樂事業承租，有盈餘的話，再依出資比例分紅。」

荒卷社長立刻站起來說道：

「各位不妨聽聽我的看法。在此，我要跟大家分享『八島賺錢術』。首先，我們戲院的門票不是以往的五十圓，我想調到五十五圓。這五圓是繳給稅務局的稅金。對來南大阪看電影的客人而言，根本不會在乎一百圓以下的五十圓和五十五圓相差的那五圓，所以不會有什麼排斥的心理。不過，這五圓對戲院業者來說，可就很多了，而且搭配新聞影片和經典名片的好處在於那些沖片費便宜得令人不敢相信，因爲那些都是用過即丟的舊品。我在業界打滾多年，人脈很廣，幾乎可以不必什麼花費就可以弄到片子，所以只要有客人進來這舒適的戲院看電影，我們當然穩賺不賠。我相信各位應該會大力贊成吧？」

荒卷社長說完，往後面的店家老闆掃視了一下，然後自得意滿地挺了挺結實精壯的身子。在他們沮喪的臉上頓時掠過一絲希望，他們對荒卷具體而微的計劃頗爲心動，而且聽他分析利弊得失的同時，也心生既然已經到了這個地步何不再撐下去的念頭，或許可以把本錢賺回來。原先強烈反對的他們似乎也被這份「口頭白皮書」說服了。

孝平、末廣、大谷和清水見事情圓滿落幕，才放下心中的大石。那天晚上，他們在南大阪的餐館宴請荒卷社長，接著又轉往其他地方，孝平喊累先行回家，把今天會議的來龍去脈，告訴這一個半月來吃盡苦頭的忠平。

「要是所有事情都像今天一樣有圓滿的結果就好，但不可能都這麼好運。所謂失敗常於得意忘形時發生，今後你應該更小心謹慎才行。」

孝平面對忠平這番類似的說教，並沒有反駁，加上這一個半月來忙得身心俱疲，蒙上棉被便倒頭大睡了。

## 8

時序進入二次大戰後第十年的春天。孝平念念不忘要在立賣堀的廢墟上重建父親那一代的浪花屋。自從他揹著簡單的行囊退伍返鄉以來，倏忽已經九年了，這段時間，他夜以繼日努力工作，好不容易存下一點資金。

不過，立賣堀浪花屋附近的情況已今非昔比。以前那裡老店林立，許多自行車和摩托車川流不息的熱鬧街道，如今只是公司辦事處和事務所零星分布的整然街道，完全沒有生意買賣的活力氣氛。時代的潮流明顯改變了街道的樣貌。浪花屋的廢墟旁不知什麼時候多了兩棟建築物，右邊是大阪帆布實業股份有限公司，左側是西日本紙漿股份有限公司大阪辦事處。不知是誰載到這裡傾倒的廢土，倉庫的牆角和雜草上堆得高高的。

孝平決定在立賣堀重開浪花屋，但很快便遭到親戚和關心此事的業者反對。

「雖說那裡是已故老闆吾平先生最初開店的地方，但也用不著這樣做呀。畢竟時代不同了，在那人潮稀少的地方開店，我看連零售都做不起來。不如把你辛苦存下的資金，趁這個時機去鬧區開店投資，早點把老本撈回來。至於舊店重開的事，以後再做打算吧。」同業這樣苦勸他。

孝平當然瞭解他們的想法，因爲這些錢是他辛辛苦苦賺來的。同樣是四、五百萬圓的資金，任何人都會選擇去鬧區開店。然而，以他的經商哲學來看，沒把父親那一代的總店振興起來，而去充滿賺錢機會的鬧區和車站大樓開店，是有點反其道而行。但不可否認的是，目前這些資金是他九年來擱置重開總店所賺來的。他無論如何都想把立賣堀的景氣再帶動起來，否則絕不甘心，況且父親那一代的顧客，已慢慢恢復經濟能力，他們多麼希望以前的老店能重新開張。顧客對老字號的懷念份外強烈。他已下定決心，完全不考慮資金回收的問題，因爲從正本溯源的意義來看，即使遭到反對也非做不可！

看到孝平態度如此堅決，平常很少掉淚的忠平這時也哽咽地說：

「都是我回來得太晚，沒給哥哥幫上什麼忙，但是我們總算熬過來了。我知道自己付出得太少，也沒來得及趕上見父親最後一面，但是今後我會努力奮鬥以告藉父親在天之靈。」

昭和三十年三月十三日，立賣堀的浪花屋重新開張了。

三月中旬，廣闊的天空無限湛藍。剛拆下施工外牆正面塗著紫紅色生漆的格子門，在明媚春光的照耀下，泛著指甲油般素雅紅色的光澤。二樓也鑲嵌紫紅色的小格子窗，黑色瓦片的屋頂上立著一塊用充滿雅趣的舊船板製成並銘刻「浪花屋」三個大字的招牌。約有十公尺寬的店門上橫掛著父親吾平留下的深藍色印有「浪花屋」字樣的布招。店裡有排列整齊印有浪花屋字樣的昆布裝貨箱，以及成直角的古式黑色陳列架；商品從「磯菊」、細絲昆布、白板昆布、鹽味昆布等，都以紅色的漆盤陳列。那些全是像吸飽海水泛著光澤的頂級昆布。爲了讓這些「極品」在開幕當天亮相，每樣都是孝平親自從原草昆布刨削和熬製而成的。

孝平大清早便穿上禮服。這是他和乃子結婚以來，首次穿上禮服，顯得正式隆重。忠平也特別穿上新禮服。孝平來到店門口，往店內瞧看，便立刻移動昆布擺放的位置。他從清早開始，已經挪了四次。店門口也已掃過數次，最後還親自拿起掃帚掃地板和灑水。他似乎無法靜下來，莫名地焦慮難安，無論做什麼事，好像都顯得多餘，他突然要女傭和店員一會兒做這一會兒做那，當被反問時，才發現那全是多此一舉，因而惱羞成怒：

「慌什麼嘛！你們一忙亂，我也會跟著緊張呢。」

然後直喊著好熱，扯開禮服的領口，拚命往領口搧風。忠平看到這情景，覺得有點可笑，但發現脾氣倔強的哥哥眼睛佈滿血絲，自己也莫名地跟著緊張起來。母親和乃子把七歲的三千子和五歲的朝太郎交給女傭文江照顧，再三叮囑：

「今天是開店的好日子，可別讓孩子哭鬧、到處亂跑喔。」

早上十點左右，受到邀請的顧客和其他客戶，陸陸續續來到浪花屋。孝平整一整禮服，站在迎接來賓的接待處前。弟弟忠平站在離孝平半步之後，穿著印有家徽和服的母親千代和乃子欠身恭敬地站在忠平後面。店裡的員工全穿上以前的厚司布服和圍裙，忙碌地接待賓客。東京店的掌櫃岡本和幾名年輕員工也搭夜車趕來。店門口擺滿了客戶和朋友的賀禮。

孝平每看到賓客到訪，立即恭敬地欠身致意，招呼他們到店裡參觀，並且帶到後面參觀「磯菊」的加工廠。在瀰漫醬油味的廠房裡，孝平捲起禮服的袖管說：

「這裡就是本店製作引以自豪的『磯菊』的廠房。如各位看到的那樣，我們是把熬煮過的昆布放在炭火上一片片烤乾之後，再回鍋熬煮入味，然後再次烤乾又熬煮，經過多次熬煮才製成。所以我們的鹽味昆布，只要放在容器裡保存，保證一年內都不會壞掉。」

孝平詳細地爲賓客說明鹽味昆布的製作過程，讓特地爲今天參訪賓客穿戴白色頭巾、口罩、罩衣和室內草屐的工人們完全沒有表現的機會。但是，鹽味昆布畢竟是浪花屋的金字招牌，重要的製作方法和秘訣他都是三言兩語帶過。

參訪賓客在充滿茶道風格的會客室裡品嘗昆布茶，對孝平的招待非常滿意。

「噢，您蠻講究氣氛的嘛，居然還蓋了間茶道風格的會客室呀，到底是怎麼啦？」

「如果各位不趕時間的話，喝完昆布茶，請到後面飄來鹽味昆布香味的泡漬池參觀，順便買幾包回家嘗嘗。」

這間兩坪半的茶道風會客室，正面有個簡單的壁龕，上面懸掛慈雲高僧的墨跡，唐三彩的香爐冒出裊裊青煙。榻榻米上的矮桌旁擺放數個用結城碎白點花紋布縫製的坐墊，佈置得十分高雅。

與孝平有生意往來的批發商和百貨公司的幹部們，在店門口一下車，便打量著氣派的浪花屋和抬頭仰望屋頂的高瓦，肯定孝平的魄力與做為。

「孝平，你眞是厲害，這店蓋得多氣派啊！」

孝平最害怕專家的苛評，擔心行家出言批評：搞什麼嘛，年紀輕輕就砸大錢蓋起這種老古板的店鋪。幸好，孝平屬意的這種充滿道地古風和格局的建築，受到同業的肯定。其實，不僅是店鋪的格局，四十歲的孝平自身的人生觀和經商的處世觀，也具有這種道地古風和格局。

孝平最初在近畿昆布領貨工會學習大宗昆布交易和經商實務，這次前工會理事長橫田喜一郎也受到盛邀。他於傍晚時抵達，目前是半退休狀態，住在阪神沿線附近。他下了車走進店裡，一言不發地環視屋內，還仔細朝屋後熬煮鹽味昆布的廠房打量，最後走進會客室，在裡面端坐了一個小時。

「孝平，你出人頭地了，不但自家商品做得好，店也氣派十足。你之所以有今天的成就，全拜老店和商號之賜啊，你要特別感謝商號！」

「感謝您的提拔。」孝平向前理事長橫田點頭致意。

商號確實是商人的精神原鄉。這就如同武士信奉氏族，而商號決定了商人的做爲。不過，商號並不等於全部，以爲只要掛上以前的店招，就能輕易做生意的時代已經不存在了。而現代的商號有多少價值，端看經營者如何活用它。那些輕易相信顧客越來越懷念老店的店家，最後只有慢慢遭到淘汰。只有那些吃得苦中苦意志堅強的人，才能充分活用商號的價值。所以孝平對這完全是拜商號之賜的說法非常不服氣。

在立賣堀重新開店的浪花屋，與當初親戚和同業猜測的相反，生意出奇的好。許多遭戰火肆虐之後移居蘆屋和御影山邊的船場的商家太太和小姐，都搭乘郊區的電車，花上一個多小時來市區的立賣堀。

「我是在本町開棉織品店的丸岡呀，您還記得嗎？」

髮際已有些花白的太太說道，隨行而來的還有長髮紮束的女兒。她們母女是父親吾平那一代的常客，這次是來買鹽味昆布。戰爭結束之後，她們把大阪的棉織品批發店改成公司，全家搬到蘆屋郊外的別墅，過著愜意的生活。聽到母親說待會兒要去歌舞伎座，站在旁邊的女兒便說：

「媽媽，我想吃香醋昆布。」

孝平看著眼前這個打扮時髦、穿著高跟鞋的道地大阪小姐居然不吃口香糖，而選擇香醋昆布當零嘴，心中非常高興。其中也有開著自用車，把高爾夫球具暫時立在會客室，一面喝著昆布茶，品嘗各種昆布後，買了好些包帶走的遊客。最令人感動的是來自東京的一名客人。有一天，在東京橡膠公司擔任要職、住在青山的吉井先生突然來訪。他下了計程車，一面打量浪花屋的外觀，一面好奇地走進店裡。

「這次我到大阪分公司出差，很想到貴店看看，問了旅館的人，就過來了。」

他一面說一面仔細環視店裡的擺設，買了許多特產準備帶回東京，他說：

「在這裡買的昆布，才是道地的大阪昆布。」

「感謝您的惠顧，我們感到無限光榮……」孝平雙手齊膝，誠惶誠恐地致謝。

孝平爲自己堅持重開老店的抉擇感到欣慰，因爲，即使浪花屋東京店的「磯菊」受到好評，而製作該產品的總店竟是毫無格調與傳統可言的寒酸小店，很可能因而失去顧客的信賴。

浪花屋總店開張不久，孝平旋即賣掉日本橋二丁目那間店，將賣屋所得以及向銀行貸款，在立賣堀總店附近買了一間六十坪的房子。他很想興建設備完善的加工廠，由於總店附近沒有合適的土地，只好買下不久前還在營業、裝潢格外講究的高級餐館。

孝平比興建總店時更加關心，不時到工地察看。他叫工人把精心設計的庭院和包廂全部拆除，準備改建成昆布泡漬池、安裝昆布裁切機，早日完成熬煮鹽味昆布的工作間。小島建設的工地主任說：

「這房子眞不愧是高級餐館，特別講究裝潢和格局，全部拆除未免太可惜，要不要留間包廂呢？」

「你怎麼這麼說呢？我是要改建成設備完善的加工廠，不符合這個的全部拆掉，一點也不可惜。」

孝平反駁道，爲了製作高級的「磯菊」，他特地弄了十坪左右鋪著瓷磚的熬滷昆布的工作間，裡頭安裝兩個一斗大的鋼鍋。

此外，孝平又砸下大錢興建一間可保存高級原草昆布的倉庫。昆布的採購每年只有一次，因此八、九月批購的昆布，必須妥善保存到隔年的採購期之前。一旦原草昆布的保存狀況不佳，之後任憑如何加工也難以挽回。而且，既然總店蓋得氣派非凡，顧客看不到的倉庫更需花錢修建。爲了不讓昆布受潮，倉庫的地板墊得比一般高些，地板下面又裝設通風管，使用防潮木板爲牆壁，還特別到岡山縣訂製草蓆吊掛在牆壁四周，除此之外，甚至還用稻草包裹原草昆布加以保存。如果順利度過梅雨季，昆布的風味會更加高雅，因此「梅雨後的昆布」格外受歡迎。若倉庫設備簡陋，四、五千貫頂級的原草昆布一旦受潮，頓時變成次級品，縱使全力挽救，也難以恢復原來的風味。

孝平像工人一樣每天去倉庫和工廠視察昆布的製作情形。他覺得，儘管並不是所有商品都是自己親手製作，但從昆布的泡漬、裁切、熬滷等每個製程，他都要逐項監管、品嘗才安心。他身穿高級素雅的西裝，手指被鹽味昆布侵蝕得粗白，還曾因此引來外人可疑的目光。忠平忍不住地說：

「都已經上軌道了，你還三天兩頭跑去，工人不好做事啦。」

「自家製作的產品，當然要親自看過才行。這陣子，有越來越多的店家既不自製產品，也不嚴格把關就到處賣。這商品是我取名的，我當然有責任監督品質。」

在孝平看來，單憑門面和誇大宣傳手法吸引顧客的做法已經行不通，只有推出其他店家無法仿造的商品快速投入市場才是制勝的關鍵。於是他一早起床，總是先去工廠視察，直到滿意了才回去店裡。

過了六月，昭和三十一年度的昆布採購期已迫在眼前。對昆布業者而言，每年一次的昆布採購極為重要，在這段期間他們幾乎不近女色，專心做生意。因為八、九月的昆布採購若不順利，他們就得整年喝西北風。因此昆布這一行有句話：昆布店沒有「冬天」，只有無可挽回的

「夏天」。

孝平越來越少外出，時常待在二樓的客廳沉思。現在他最關注的是，總公司設在東京的寒水產業會怎麼出招。對方財力雄厚，七月中旬，就已經在北海道買走所有昆布，等採購期一到，中盤商或零售商急著買廉價昆布時，他們便以高價賣出。不過，他們缺乏可以妥善保存昆布的倉庫設備，在產地買下的原草昆布，直接寄放在當地，等買賣雙方談成交易再由買家自行載走，其做法如同賺取暴利的惡劣掮客。對二次大戰後資金短缺的大阪昆布業者來說，寒水產業儼然是個毒瘤。雖然昆布業者可以直接到產地採購，但還是得讓寒水產業賺一手，就算在大阪當地競標昆布，寒水產業總是故意高價標下，再大漲其價賣出。這一、兩年來，孝平已經吃到這種苦頭。去年的競標也是由寒水產業標走，出手遲晚的孝平，只好依他們開出的高價買下昆布。

孝平心想，今年絕對不能再輸給寒水產業。他知道對方是資本額有一億的大公司，無論是採購量或收購價，他絕對無法與之相較，但是他已盡量向銀行貸款，正好整以暇等待競標日子的到來。

來自京都、大阪、神戶的投標者，早已聚集在靭濱街鬧哄哄的投標場。有穿著翻領襯衫、頭戴麥稈帽，佔坐在電風扇前的業者；也有站在臨海通風良好的地方，把單衣的袖管捲到肩膀，以雨傘當拄杖的高齡老闆。孝平穿著白色翻領襯衫和白色POLO長褲，熱得汗流浹背。寒水產業派出的代表是大阪辦事處一名姓城口的採購課長。城口是個約莫四十出頭的新手，穿著與投標場氣氛有點不搭的夏季西裝，孝平覺得他有些裝腔作勢。投標時間十點一到，以正面的講台為主，投標者陸續坐在ㄇ字形的座位上，由賣方關西昆布批發業的代表北吉請與會者喝酒。投標者吃著魷魚乾和醬油煎餅，啜飲了兩、三杯酒，投標便正式開始了。

主持人站在中央的講台上，翻開彷彿寫著演講題目的紙張，快速地出示投標項目。

黑元揃　濱尻岸（初摘）頭等

付款日　二十日

主持人大聲朗讀投標的品目。這意思是說，昆布種類是黑元揃，產地北海道尻岸，為初摘的頭等貨，得標者必須於二十天內付款。採購量以貫為單位，但投標價格以每十兩為單位。場內頓時喧嚷四起，但隨即安靜下來，大家快速地在標單上寫下價格與投標者姓名，之後折成四折，投入來收票的紅色托盤裡。托盤送到中央的講台上，三個見證人馬上開票，不過僅止於目視。至於到底用多少錢得標則不得而知，最後只會宣讀得標者的姓名。孝平緊張地默念：讓我得標吧……。

「得標的是寒水產業。」

孝平霍然一驚，因爲他自認爲已用高出寒水產業的價格競標，結果卻被寒水產業標走。由於不知道對方的標價，所以不清楚自己是以多少差價落敗，但可以肯定的是之後對方就會高價賣出。

「接著，開始下一個投標。」

稍做休息後，馬上又發給白色投標單。

長切　濱日高（中採）二等

付款日　三十日

這次得標的付款日爲三十天，而且又是比較容易標得的二級品，頗受投標者喜愛，所以標單下得很快。折成四折的白色標單一下子就堆滿了紅色托盤，緊接著馬上開票。見證人開完票，說道：

「得標的是寒水產業。」

結果，這次又是寒水產業得標。孝平看著城口的臉，由於城口坐在ㄇ字形的右側，看上去像是查帳的銀行員面無表情。接下來的第三次、第四次和第五次投標，都是由寒水產業標走。大半的昆布業者見寒水產業出價如此強勢，根本不敢投標，有些業者臉色鐵青半途就打消念頭。連日來天氣非常炎熱，投標場裡熱氣蒸悶，灼熱的陽光從臨海的窗戶直射進來，只有見證人的聲音特別響亮。日本的人口已成長五成，卻面臨了庫頁島淪陷，以及北海道昆布減產，使得昆布的產量減少了五成。昆布的供給嚴重不足，現在又碰上大企業伺機壟斷。眼前的競標已不像昔日每個商人展現膽識與才幹充滿活力的標場了。在低迷的氣氛中，孝平懊惱地吞嚥口水，霎時汗流滿面。他非常希望有龐大的資金，但也正因爲沒有所以很想就此放棄。接下來是今天最具高潮的第六次投標。城口朝孝平瞥了一眼，嘴角彷彿堆起一抹惡意的冷笑。

白元揃　濱尾札部（初摘）頭等

付款日　十五日

品目上說是頭等，其實它是尾札部出產的特級品元揃昆布，因價格昂貴，付款期限相對較短。孝平在人數不多的投標者當中，爲出價的問題絞盡腦汁。紅色托盤來到孝平的面前，他以豁出去的決心，寫下高價，把原先想寫的一百八十圓，乾脆提高到二百圓。他認爲，以如此高價競標，應該會比寒水產業高出二十圓吧。如果是昆布掮客的話，遇到這麼高的標價，八成會打退堂鼓，但對加工直營店非得買到頂級昆布的孝平來說，這次的昆布特級品爭奪戰非贏不可！他把冰塊放入酒中，一飲而盡。見證人開完標單，低下頭來喊道：

「浪花屋和寒水產業同標，必須重新投標。」

孝平臉上淌下大顆的汗珠，氣氛緊張到後面若有人不小心搧風都會令他煩躁發怒的地步。此刻，孝平所寫的標價，是今年昆布競標場中最高的價格，若是繼續再競標，就有些意氣之爭了，他很想就此放棄。然而，城口卻一副氣定神閒的模樣。

「我到底要不要再迎頭苦戰呢？」

孝平搶過標單拿著鉛筆，由於手心冒汗，鉛筆險些掉在地上。如果是較量氣魄的話，他得咬牙苦撐下去，當托盤端至面前時，他彷彿想到什麼似的，臉上突然微微一笑，寫的標價提高了三十圓——二百三十圓。不過，寒水產業並沒有就此縮手，而是比孝平高出十圓。既然孝平無法與其較量，也只能這樣了。今年又是由寒水產業標走所有昆布。

「浪花屋，請您見諒啊！」城口不知什麼時候來到孝平身後欠身致意。

「不，謝謝您的關心，競標原本就是勝負難料嘛。」

孝平態度冷漠，不大理會城口。

投標結束之後，過了十九天，城口來到孝平的店，打算把標下的大宗昆布賣給孝平。因爲價錢實在太高，大阪的批發商和零售業者也都躊躇不前。孝平在心裡冷笑：哼，不知天高地厚的混小子，也不先摸清楚大阪商人是如何精打細算，就貿然把所有昆布標走！其實，就孝平來說，他正盤算著用那天向寒水產業示威競標的價錢買下昆布。

城口穿著筆挺的西裝在孝平面前坐了下來。

「怎麼樣，之前那批貨嫁到你們家如何？」

「哦！你要嫁女兒嗎？就是那個嫁不掉的女兒嘛！」

「不，如果你不想娶媳婦的話，我還有三個女婿，一個個招贅太麻煩了，你們進出東京賺了不少錢，應該可以把它們全部帶走。」

「這麼說，這只是手續的問題嘍？生意人絕對不能怕麻煩，你趕快把它賣給別人吧，我明天就要坐飛機到北海道批貨。」

這時，城口拿著香菸的手突然停在半空中。

「我知道這完全是價錢的問題啦，只是大阪商人的算盤打得太精了。」

「那是當然的嘛！」孝平冷淡地拒絕。

「這樣吧，您開個價……」

「這可不行哪，既是你主動上門拜託，就應該由你開價。」

「好吧，我們是以二四（每十兩二百四十圓）標下的，您看二三（二百三十圓）怎麼樣？」

「說什麼蠢話嘛，二〇（二百圓）就成交。」

孝平撥了一下算盤給城口看，他看準對方的弱點給予狠狠一擊。城口面露不悅。

「這價錢太低了。而且這是我們寒水產業在標場得標的價格，實在很難有再降價的空間啦。」

「是嗎？那我再考慮一下。」

孝平不疾不徐地把算盤推到一邊，表情極其冷淡，心想，看你能撐到什麼時候！然後陸續拿出帳簿。城口連喝了兩杯涼掉的粗茶，從公事包拿出記事本，啪啦啪啦地翻著，頻頻用筆計算。

「您眞是厲害啊，打得我毫無招架之力，我們再談個合理的價錢吧。剛才，您開價二〇，能否再加個二，二百二十圓怎麼樣？」

「沒辦法啦，你這是硬要送上門耶，太貴了我不買。」

孝平把價錢砍到二百圓，足足比寒水產業得標的價錢少了四十圓。結果，寒水產業既沒能把這批貨賣給其他昆布業者，也沒能趁機大撈一筆，這可說是孝平技高一籌。不過，他由此更深刻瞭解中小企業處境的艱難，因為是否能承受得住大資本的壟斷，攸關那年的生意成敗。這眞是閉目轉眼之間，決戰千里之外。

與寒水產業談成買賣之後，孝平鬆了一口氣，因爲今年算是險勝過關了。

八月中旬的大阪，儘管太陽已經西下，卻沒有涼風吹來。孝平拿出矮桌放在簷廊下，一個人獨自喝啤酒。他那肥凸的啤酒肚上汗水淋漓。庭院前灑過水不到一個小時又蒸發乾了，電風扇徐徐地吹出暖風。爲了看夏季的祭典，傍晚起店裡的員工就全出門遊玩了。三千子和朝太郎穿著新買的浴衣，跟著祖母和母親去祭拜氏族神。孝平吩咐女傭拿第三瓶啤酒來。今年買了一台冰箱，依稀可聽見廚房冰箱開合的聲音。天氣燠熱得如火爐，孝平光吹電風扇還是沒能消暑，於是拿出團扇不停地往身上搧風，並打開電視。

電視上正播放關東工商界巨頭大井清二郎，和關西同是工商界領袖的原伍郎的對談。這兩位具有代表性的工商界領袖，就最近的數量景氣（譯注），以及預測今後的景氣動向交換意見。五十歲像青年般臉色紅潤的大井，和身材結實看似精悍的原伍郎氣氛融洽地對談。這是一場看似平凡無奇的工商界巨頭的對談，但孝平仔細觀看卻發現其中另有玄機。從相貌和年齡來看，比原伍郎年紀小一輪的大井，表面上客氣地附和原伍郎的觀點，言談間卻流露出自信和自負。孝平直盯著這種沒露骨地顯現在畫面和聲音上的微妙之處，倏然立起膝蓋，雙手伏在矮桌上，像被電視機的畫面吸引住地探出身子。

畫面上的對談依舊顯得融洽，也沒有意見衝突。大井前面的髮絲輕輕晃動，只見體格壯碩的原伍郎拘謹地挪動身子。大井越說越顯客套，還說今後希望與關西財經界共同合作，其間還不時傳來開朗的大笑聲。不過，孝平越看越火大，表情不禁嚴肅起來。他終於瞭解那種揮之不去卻又難以名狀的不愉快的原因了。原來大井自始至終展現出的悠然自信的態度，其原因是有東京龐大的經濟力做後盾。他對前輩原伍郎表面上極盡恭維，其實私底下彷彿拍著原伍郎的肩膀說：您別再發表什麼高論了，跟我到東京就是了嘛，我不會虧待您的……。

以戰爭時期的經濟管制爲分水嶺，日本的經濟重心便移往東京了，而且大阪的商業活動和中小企業失去了以中國和滿洲爲貿易中心的據點之後，情況更爲慘淡，連擁有雄厚資金的船場的個人商店也欲振乏力。其原因是大部分的經濟重心已被東京奪走，以前做爲商業都市的大阪，如今也顯得有氣無力。而這種經濟上的挫敗感正從電視畫面中微妙地顯露出來。

孝平感受到巨大的挫敗感。從理論上來說，纖維產業重鎮的大阪，和逐漸發展重工業的東京，兩者在經濟地位上是不分軒輊的。不過，孝平不理會這種理論，他對二次大戰後在經濟方面轉爲優勢的東京無端地感到憤怒與反彈。父親吾平曾說，大阪是日本商人的代表，如今卻逐漸失去競爭力。大阪可是明治和大正時期資本主義發展的搖籃，在數百年來的商號下創造出繁榮的局面。孝平在心裡告訴自己——我絕不能這樣忍氣吞聲，我要設法把大阪商人串聯起來，重新恢復大阪昔日的經濟活力。再奮鬥個十年，十年後我絕對要讓大阪浴火重生！

孝平把剩下一半的啤酒一飲而盡，之後仰躺下來。大阪暑熱難當，連從屋簷間望見的點點群星，彷彿都快被蒸發似的。

譯注：在物價穩定的情況下，貿易數量的成長刺激了繁榮，使企業獲得收益。

# 後記

每年我都會多次往返東京和大阪，有趣的是，我的皮膚和呼吸會因置身在這兩個都市而出現奇妙的變化。我發現，只要在東京待上兩、三天，就覺得手背和臉部的毛細孔彷彿被堵塞住。這時候，我馬上更改行程搭乘火車，當火車駛進吹田附近望見大阪的萬家燈火時，我全身的毛細孔頓時張開，感到無比的舒暢。十年來，這種現象依舊，儘管最近我更頻繁往返於兩地。

對我來說，大阪如同我體內的血液。正因爲我是在大阪出生、成長，所以格外感受到大阪各種細微的變化。在我看來，支撐大阪這個商業城市運作的是，擁有傳統歷史商號的船場的商人。

在這部小說中，我試圖描繪我心目中大阪商人的理想形象——看似因循古板卻又能從容應變，遇到在商言商的境況，言談中不乏俳味十足的幽默，在幽默中又具有高度智慧與機敏。

這樣的大阪商人形象，以及大阪的大街小巷和天空河流，都是我文學上的養分。如果我想從事文學創作的話，非得從這個起點出發不可。爲了生動描寫這個主題，我花了很長的時間，雖然其間因爲繁重的新聞工作和養病而中斷，但我仍爲數百年來和傳統商號榮辱與共的大阪商人的理想形象努力不懈。當然，小說中的諸多人物並非眞有其人，而是根據周遭人士的各種風趣、鄙俗和厲害等特性，再由我設定情節改寫而成。爲了眞實呈現這些人物，我決定把我生活周遭的商人群像做爲小說中的模特兒。

我衷心期待我創造出的這兩個深具個人特質的父子商人，他們度過明治、大正、昭和三個嚴竣時代的故事，能帶給讀者新的啓示與感動。

昭和三十二年四月二日
山崎豊子

國家圖書館出版品預行編目資料

暖簾／山崎豐子作 ； 邱振瑞翻譯. -- 初版.- 臺北市：麥田出版：家庭傳媒城邦分公司發行, 民97. 04
面； 公分. --（日本暢銷小說 ； 34）

ISBN 978-986-173-357-9（平裝）

861.57　　　97004007


ISBN 978-986-173-357-9
Printed in Taiwan

城邦讀書花園
www.cite.com.tw

日本暢銷小說 34

# 暖簾

原著書名／暖簾
原出版者／新潮社
作者／山崎豐子
翻譯／邱振瑞
責任編輯／簡敏麗
副總編輯／陳瀅如
編輯總監／劉麗真
總經理／陳逸瑛
發行人／凃玉雲
出版／麥田出版
地址：10483 台北市中山區民生東路二段141 號5 樓
電話：(02)2500-7696
傳眞：(02)2500-1967
部落格： http://ryefield.pixnet.net
發行／英屬蓋曼群島商
家庭傳媒股份有限公司城邦分公司
地址：10483 台北市中山區民生東路二段141 號11 樓
網址： http://www.cite.com.tw
客服專線：(02)2500-7718 ｜ 2500-7719
24 小時傳眞專線：(02)2500-1990
2500-1991
服務時間：週一至週五 09:30-12:00
13:30-17:00
劃撥帳號： 19863813
戶名：書虫股份有限公司
讀者服務信箱： service@readingclub.com.tw
香港發行所／城邦（香港）出版集團有限公司
地址：香港灣仔駱克道 193 號東超商業中心 1 樓
電話： +852-2508-6231
傳眞： +852-2578-9337
電郵： hkcite@biznetvigator.com
馬新發行所／城邦（馬新）出版集團
【Cite (M) Sdn Bhd】
地址：41, Jalan Radin Anum, Bandar Baru Sri Petaling, 57000 Kuala Lumpur, Malaysia.
電話：(603) 90578822
傳眞：(603) 90576622
E-mail ： cite@cite.com.my

封面設計／朱陳毅
印刷／中原造像股份有限公司
排版／浩瀚電腦排版股份有限公司
□2008 年 4 月　初版
□2015 年 7 月　初版八刷
定價／240 元

英屬蓋曼群島商
家庭傳媒股份有限公司城邦分公司
104 台北市民生東路二段141號5樓

▼

請沿虛線折下裝訂，謝謝！

# 讀者回函卡

cite城邦媒體

※為提供訂購、行銷、客戶管理或其他合於營業登記項目或章程所定業務需要之目的，家庭傳媒集團（即英屬蓋曼群島商家庭傳媒股份有限公司城邦分公司、城邦文化事業股份有限公司、書虫股份有限公司、墨刻出版股份有限公司、城邦原創股份有限公司），於本集團之營運期間及地區內，將以e-mail、傳真、電話、簡訊、郵寄或其他公告方式利用您提供之資料（資料類別：C001、C002、C003、C011等）。利用對象除本集團外，亦可能包括相關服務的協力機構。如您有依個資法第三條或其他需服務之處，得致電本公司客服中心電話請求協助。相關資料如為非必填項目，不提供亦不影響您的權益。

□ 請勾選：本人已詳閱上述注意事項，並同意麥田出版使用所填資料於限定用途。

姓名：________________ 聯絡電話：________________

聯絡地址：□□□□□________________

電子信箱：________________

身分證字號：________________（此即您的讀者編號）

生日：____年____月____日　性別：□男　□女　□其他________

職業：□軍警　□公教　□學生　□傳播業　□製造業　□金融業　□資訊業　□銷售業

□其他________________

教育程度：□碩士及以上　□大學　□專科　□高中　□國中及以下

購買方式：□書店　□郵購　□其他________________

喜歡閱讀的種類：（可複選）

□文學　□商業　□軍事　□歷史　□旅遊　□藝術　□科學　□推理　□傳記　□生活、勵志

□教育、心理　□其他________________

您從何處得知本書的消息？（可複選）

□書店　□報章雜誌　□網路　□廣播　□電視　□書訊　□親友　□其他________

本書優點：（可複選）

□內容符合期待　□文筆流暢　□具實用性　□版面、圖片、字體安排適當

□其他________________

本書缺點：（可複選）

□內容不符合期待　□文筆欠佳　□內容保守　□版面、圖片、字體安排不易閱讀　□價格偏高

□其他________________

您對我們的建議：________________

________________